新潮文庫

香乱記

第一巻

宮城谷昌光著

新潮社版

7909

目次

挿画　原田維夫

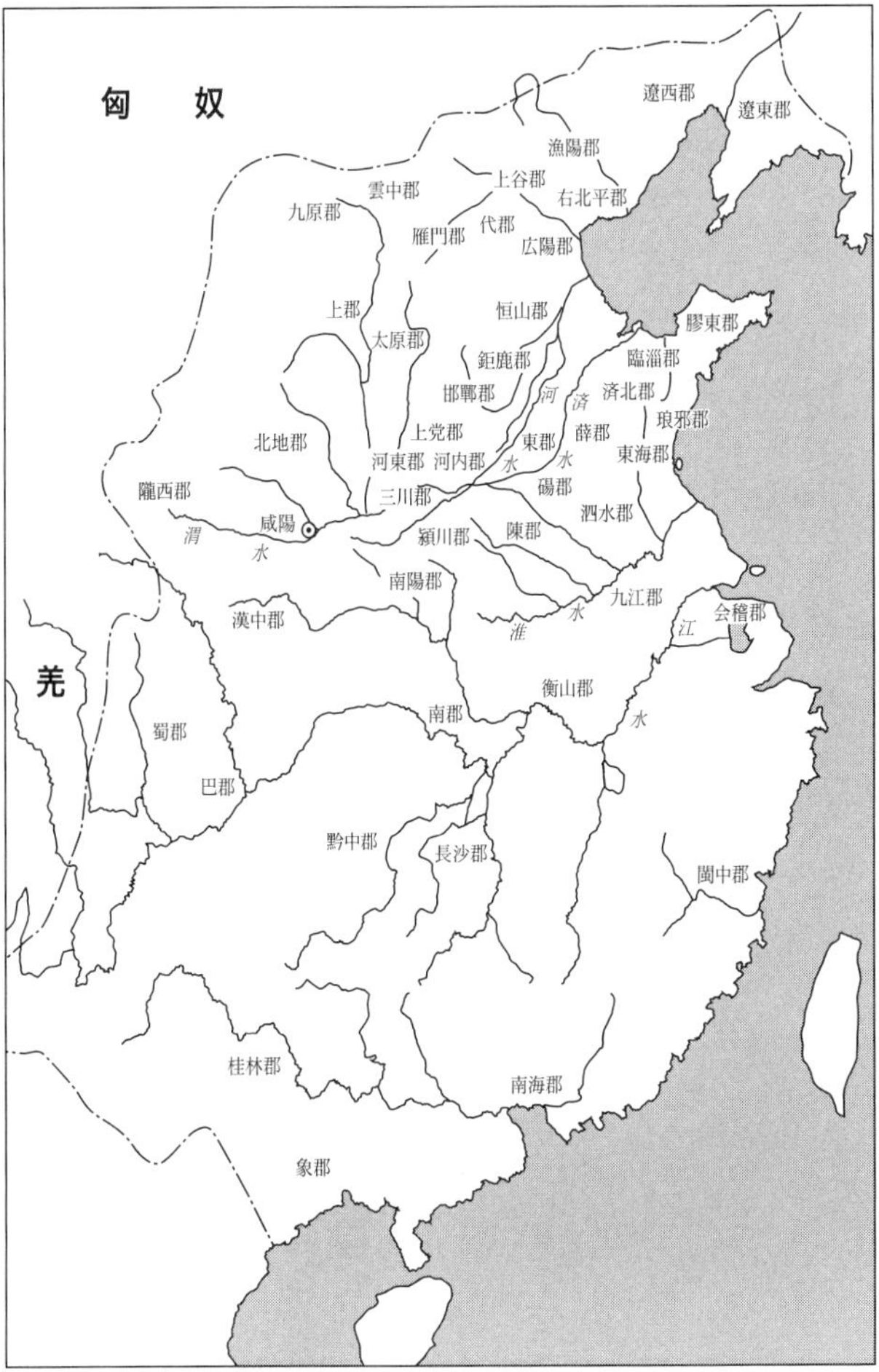
匈　奴
遼西郡
遼東郡
漁陽郡
上谷郡
右北平郡
雲中郡
九原郡
雁門郡
代郡
広陽郡
上郡
恒山郡
膠東郡
太原郡
鉅鹿郡
臨淄郡
邯鄲郡
河
済
済北郡
上党郡
北地郡
東郡
薛郡
琅邪郡
河東郡
河内郡
水
水
東海郡
隴西郡
三川郡
碭郡
咸陽
泗水郡
渭
水
潁川郡
陳郡
南陽郡
九江郡
漢中郡
会稽郡
淮
水
江
羌
衡山郡
南郡
水
蜀郡
巴郡
黔中郡
長沙郡
閩中郡
桂林郡
南海郡
象郡

勃（渤海）海
廟島列島
黄県
南皮
河水
平原
千乗
狄
済水
臨淄
東安平
濰水
即墨
歴城
泰山
嬴県
馬陘
高密
穀城
博陽
琅邪
鉅野
魯
莒
沂水
邑
亢父
泗水
方与
胡陵
薛
沛
郯
彭城
碭
蕭
下邳
下相
睢水
大沢郷
下城父
垓下
淮陰
淮水
盱眙
寿春
陰陵
東城
広陵
江水
烏江
六
呉

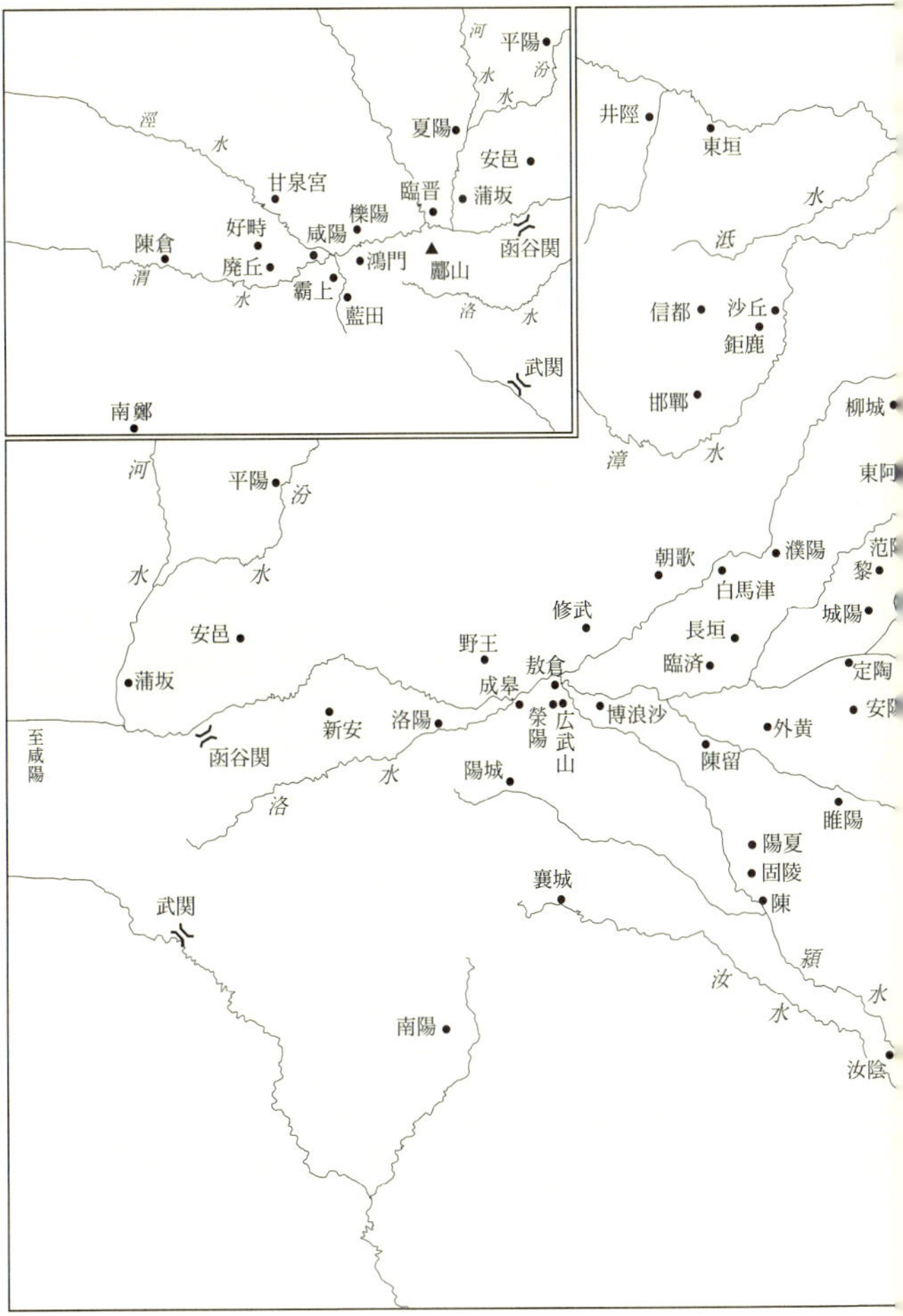

河
平陽
汾
水
水
涇
水
夏陽
安邑
甘泉宮
臨晋
蒲坂
櫟陽
好畤
咸陽
函谷関
陳倉
鴻門
驪山
廃丘
渭
水
霸上
藍田
洛
水
武関
南鄭
井陘
東垣
水
泜
信都
沙丘
鉅鹿
邯鄲
柳城
漳
水
河
平陽
汾
水
水
朝歌
濮陽
黎
白馬津
修武
城陽
安邑
長垣
野王
敖倉
臨済
定陶
蒲坂
成皐
博浪沙
外黄
新安
洛陽
滎陽
広武山
至咸陽
函谷関
水
陽城
陳留
洛
睢陽
陽夏
固陵
襄城
陳
武関
潁
汝
水
水
南陽
汝陰

香乱記

第一巻

予言の七星

始皇帝図

砂丘が黄金《おうごん》の色になり、燦《さん》と輝いた。

車輪がすべりはじめると、田横《でんおう》は手綱を兄の田栄《でんえい》にあずけて馬車をおり、従者とともに車体を押した。すこしさきをゆく馬車には従兄の田儋《でんたん》がおり、やはり従者が砂丘をぬけるべく車体を押していた。

さほど広い砂丘ではない。

この砂丘を避けると行程が半日増えるので、ほとんどの旅人は砂丘越えの路を択《えら》ぶ。この路は草のすくない荒蹊《こうけい》につながり、その荒蹊は低い丘阜《きゅうふ》を越えてゆく径《みち》につながる。丘阜のむこうには集落があり、そこで一泊する予定であるが、日没とともに門が閉じられてしまうので、急がねばならない。

まもなく砂丘をぬけるというところで、田横は車中にもどった。

逖《とお》くに、夕映えの天空をけがすような砂煙が昇っている。

黒々とした騎兵の小集団が一乗の馬車を護衛してゆくのである。じつはさきほどその集団に追いぬかれた。

「秦《しん》兵だ。かかりあうな」

　この田儋の声で、みなは道をあけた。道傍《どうぼう》で騎兵の通過を見守った田横は、車中の人物も視《み》た。髪の長い人物で、女のようであったが、車中に女がいれば幌《こう》などが垂らされているのに、その馬車にはたれぎぬがなかった。その人物は若くはなく、年齢は五十前後にみえた。

　――秦兵も、あの集落で泊まるのか。

　どうも、そのようである。小集団の影が丘阜に吸いこまれた。急がねばならぬのに、急ぎたくない気分である。兄の田栄もおもしろくなさそうで、無言のまま前方をみつめていたが、丘阜が近づくと、

「明日は、狄《てき》に着く。門で小珈《しょうか》が待っていよう。秋には婚礼だな」

　と、自分の微《かす》かな不快を払うように明るい声をだした。小珈は田横の婚約者である。小珈の母の氏は程《てい》で、従兄である田儋の妻の実家の氏である。

「横の妻には小珈がよい」

　と、いいだしたのは田儋であり、話をまとめたのも田儋である。かれが狄県の田氏一族の棟梁《とうりょう》であり、威も徳もそなわっており、県の役人にもはばかられる存在である。田儋の父と田栄の父は兄弟で、しかも仲がよかったせいで、田儋も叔父の子を弟とみ

なし、世間では田儋、田栄、田横を、田氏の三兄弟、と呼んでいる。ある意味では、かれらにとってこの日が、運命の日となった。

狄の田氏といえば、四隣の鄙《むら》や邑《まち》にもその名が知られるようになったが、往時、氏名を隠して生きてゆかねばならなかった。

七十余年前に、大きな不幸が田氏を襲った。

当時、中華の全土は七つの国にわかれていたので、

「七雄」

と、よばれていた。北の燕《えん》と趙《ちょう》、東の斉《せい》、南の楚《そ》、中央の魏《ぎ》と韓《かん》、西の秦である。それらのなかで東の斉と西の秦が他の国を圧倒するほど巨大になったので、斉の王を東帝とよび、秦の王を西帝とよんで、両大国が連携して他の国々を攻略し、中華を最終的には二大国で治めるという企画が実現されそうになった。それを知った他の国はあわてて連結を強め、策士を往来させて、斉と秦の接近を阻《はば》み、ついに両大国の関係を悪化させた。さらに秦王を説いて、秦、韓、魏、燕、趙という五国連合を成立させ、燕の名将である楽毅《がっき》を上将軍とする連合軍を結成して、斉を攻めた。そのときの斉王を、

「湣《びん》王」

といい、かれこそ狄の田氏の祖である。斉軍は楽毅の軍に大破され、首都の臨淄《りんし》も占領された。このとき国外に脱出した湣王は、けっきょく殺されてしまうのであるが、湣王の子も多くは殺され、生き延びた者は二、三人である。その二、三人の王子のひとりが狄の田氏三兄弟の祖父である。かれは氏名を変えて北へ奔《はし》り、それから苦難の生活をつづけた。人に傭《やと》われては飢えをしのいだ。河水《かすい》（黄河）のほとりの平原《へいげん》という邑で、

「楡《ゆ》氏」

という豪族の家で働いていたとき、家主の楡伯《ゆはく》が傭夫《ようふ》の奇相をみて怪しんだ。この傭夫に読めぬ書物はなく、書けぬ文字もない。占いにも精通していると知った楡伯は、しだいに重要な仕事を与えて厚遇し、ついに女婿《じょせい》にしようとした。それを辞退した王子は、

「この家に迷惑がかかります」

と、いっただけで、事情をうちあけなかったが、斉国から楽毅が去り、王子の弟の法章《ほうしょう》が国を再興させてから、ほんとうの氏名を名告《なの》った。が、かれは帰国せず、外には仮名のままで通し、楡伯の女《むすめ》を妻としてから狄へ移住して一家を構えた。法章すなわち斉の襄《じょう》王が亡《な》くなってからこの家の氏が田であることをあきらかにした。襄王の

子の建《けん》が斉王のときに、斉は秦に滅ぼされた。その滅亡の年からすでに九年が経《た》っている。

——秦は、好きになれぬ。

田氏の三兄弟はそろってそうおもっている。曾祖父《そうそふ》の湣王を逐《お》ったのは燕将の楽毅であるが、斉を滅亡させるための軍を起こし主導《しゅどう》したのは秦王であり、再建された斉と同盟を結んでおきながら、一方的にそれを破って斉を攻め取ったのも秦王である。その累代《るいだい》の秦王は例外なく狡猾《こうかつ》であり、信義に欠ける。その秦王に仕えている丞相《じょうしょう》から卑《ひ》官《かん》まで、血も涙もない法に使役《しえき》され、斉が滅んだあとは、中華全土から国が消えて地方行政府でありながら法の執行機関でもある郡と県になった。中華では最古の王朝である夏《か》から戦国七雄の時代まで、かならず諸国があり諸侯がいた。ところが斉を滅ぼした秦王は、自分の子にまったく国を与えず、功臣にも食邑《しょくゆう》をさずけず、全土を唯一人の所有とした。ほかに奇妙なことといえば、

「皇帝」

と、自身を称したことである。九年前の当時、田氏の家では、

「帝は古代にもいた。が、皇とは何であるか」

という話でもちきりであった。じつは新しい帝号を定めたいと秦王政《せい》にいわれた丞

相綰《わん》、御史大夫劫《ぎょしたいふきょう》、廷尉斯《ていいし》らは博士と相談して、

「太古に天皇《てんこう》・地皇《ちこう》・泰皇《たいこう》があり、泰皇がもっとも尊かったので、王を泰皇とし、これからは命のことを制《せい》、令のことを詔《しょう》、天子の自称を朕《ちん》となさるとよろしいと存じます」

と、言上した。が、秦王政は新しい帝号に関してはうなずかず、

「泰皇の泰を去り、上古の帝位の号を採《と》って、皇帝と号するのがよい」

と、決定した。独尊の称号を選定したのであるから、庶民にとってはどうでもよいことであるが、死語に近かった皇ということばが新時代の象徴になったことはたしかである。上帝が天上界で神々を支配する者であるとすれば、地上界のすべてを支配するのが皇帝ということであろう。秦王政は中国史上最初の皇帝になったので、

「始皇帝」

と、よばれるが、秦王政自身が始皇帝と称したわけではない。

田氏が住む狄県は臨淄郡のなかの一県であり、楡氏のいる平原県は臨淄郡の西隣の済北《せいほく》郡の西端にある。三兄弟の祖父を援助してくれた楡伯がすでに故人であることはいうまでもないが、楡伯の孫である人が亡くなったので、三兄弟は葬儀にでて、狄県へ帰る途中であった。

平原の楡氏と狄の田氏の友誼《ゆうぎ》は三代を累《かさ》ねてもゆらがない。楡氏の本家の当主はすべて、伯を称《とな》え、先日家督を継いだばかりの嫡男も、楡伯とよばれる。湣王の子を助けてくれた楡伯からかぞえて四代目となる。楡氏には分家があり、その家は楡叔《ゆしゅく》とよばれる。田横の兄の田栄はその楡叔家から妻を迎え、すでに十歳になる男子を得ている。ついでにいえば、従兄の田儋の嫡男は十六歳である。

あらたに楡氏の棟梁となった楡伯について、

「富家《ふか》の当主にしては、腰が低い。よくできた人だ」

と、田栄は大いに美《ほ》めた。が、田横はきこえなかったふりをした。たまたま楡伯が家人を叱《しか》っているところを目撃したのであるが、田氏にむけている顔とちがって、陰険で情の薄さがあらわになっていた。

――表裏《ひょうり》のある人だ。

と、田横は感じ、良い印象をもたなかった。その楡伯は田横と同年齢といってよく、二十代のなかばをすぎたばかりであろう。田儋はどう視たのかわからないが、あの家《か》主《しゅ》では、両家の誼《よしみ》は衰えてゆくのではないか。その意《おも》いが消えなかったので、帰途は、多少胸が重かった。が、小珈のことをいわれて、胸が軽くなった。

小珈は、田儋の妻の妹の子で、年齢は十八歳である。家は狄の北の千乗《せんじょう》にあり、氏は来《らい》である。

「あれほどの美女は臨淄をさがしてもおらぬぞ」

と、田儋は自慢げにいい、先月、妻の妹と小珈を自家に招き、さりげなく田横に小珈をみせた。このときすでに婚約は成立しており、田横と小珈は特別な感情にとらわれ、たがいに相手のむこうに明るい未来をみた。

小珈が臨淄郡で第一の美女であるかどうかはわからぬにせよ、髪は緑髪《りょくはつ》といってよい美しさで、目もとに艶《つや》があり、肌は健康な皎《しろ》さをもち、遒《つよ》くない目鼻立ちからはしとやかさが感じられた。が、田横はうわべの美しさには関心がなく、小珈から感じた純真さを尊重した。おどろきは小珈のほうが大きかった。田横は男くさい、というのではなく、男らしく、優しさと強さを秘めている容貌は、爽《さわ》やかそのものであった。女の直感としては、

——このかたは人を大切にする。

というものであった。

母親が千乗に帰っても小珈は田儋家に滞在している。三か月後には小珈が田横の妻になることを疑う者はたれもいなかった。

さきに丘阜の径にはいった田儋は、ふりかえって、

「急ぐぞ。遅れるな」

と、後方の馬車に声をかけた。馬車のうしろにはそれぞれ四、五人の従者がいて、かれらはその声に応《こた》えるかのように小走りをはじめた。夏の夕暮れであるから、すぐに暗くなることはないが、集落の門が閉じられていると、それをあけてもらうのによけいな銭がかかる。丘阜には喬木《きょうぼく》がすくない。しかし夕陽は低い梢《こずえ》を明るくしているだけで、すでに林間の径は青黒かった。

突然、田栄が眉をひそめた。前方をさぐるような目つきをしたあと、

「おい、横よ、何かきこえなかったか」

と、いった。馬車を牽《ひ》く二頭の馬ばかりをみていた田横には、風の音さえきこえなかった。首を横にふった田横がしばらく馬車をすすめたとき、物が炸裂《さくれつ》したような音がし、馬の嘶《いなな》きがきこえた。おもわず田栄と田横は顔をみあわせた。

――変事があったにちがいない。

形相を変えた田横は馬車を加速し、田儋の馬車をみつけようとした。

「いた」

田横はわが目を疑った。左側の車輪が砕かれた車体は大きく傾き、車上にいたはずの田儋は、長髪の人をかばいつつ、従者とともに逃げてくるではないか。そのむこう

から赭巾《しゃきん》で顔を隠した男どもが十数人あらわれた。巨大な鉄椎《てっつい》をもった大男が首領らしく、悠々と歩いてくる。とっさに得物をとった田栄と田横は馬車から飛びおりて、田儋の救助にむかった。

賊のなかには弓をもった者もいるのだが、なぜか矢を放たなかった。

田儋のまえにでて剣をかまえた田横は、首領だけを視て、

「狄の田氏を襲うとは、いい度胸だな。生きては丘をくだれぬぞ」

と、いった。田横は剣と戟《げき》の技では人におくれをとったことはない。剣術については、十年ほどまえに田栄の家に逗留《とうりゅう》した剣士に手ほどきをうけただけで、あとは独習した。ちなみにその剣士の名は、

「項梁《こうりょう》」

と、いう。田横は剣術の隠れた天才であった。赭巾の賊の首領は、田横の落ち着きに尋常でないものを感じたらしく、はやめに鉄椎をふりまわして、田横に飛びこむ隙《すき》をあたえなかった。

足もとの草が根とともに虚空《こくう》に浮かびそうな空気のふるえがあった。

鉄椎に打たれれば即死するが、鉄椎の動きに連動するような空気のながれに触れても、衣服が裂かれそうであった。

田横は引いて、引いて、引いた。

――賊にしておくには惜しい男だ。

と、おもったのであるから、後退しつづけても、田横にはゆとりがあった。奇妙なことにほかの賊徒は襲撃してこない。首領の左右をかためるかたちで前進をつづけるだけである。ついに田横は馬車のうしろにまでさがった。すると首領の鉄椎がうなりをあげて車輪にあたり、輳《そう》が砕かれ輻《ふく》が破片となって飛び散った。

突然、首領は笑い、

「これでわれわれを追えまい。その長髪の男は秦兵ではないので殺さなかった。もとより田氏を殺すつもりはない。が、秦兵の手助けをしてわれわれのあとを蹤《つ》けると、容赦はせぬぞ」

と、すごみのある声でいい、踵《きびす》をかえした。気がつけば梢の夕陽は消え、林間の径は昏《くら》く、数歩先の賊徒の影もさだかではない。

田氏の主従は呆然《ぼうぜん》と賊徒を見送った。

やがて田儋は、われにかえったように、

「馬をはずせ。車は捨ててゆく。炬《きよ》を灯《とも》せ」

と、従者にいいつけた。田横は長髪の男に近づき、

「歩けますか。鄗は遠くありません。委細はそこできます」

と、いい、用心深く歩をすすめた。しばらくゆくと、先頭の者が、

「秦兵が死んでいます」

と、するどく叫んだ。惨状であった。からだが破裂している者が四、五人いた。数本の矢をうけた者が、二、三人いた。斬殺《ざんさつ》されている者もいた。馬がみあたらない。赭巾の賊に奪われたのであろう。

「この丘は山賊の住処《すみか》には小さすぎる。あやつらは山賊ではあるまい」

と、田栄は考えながらいった。

「わたしもそうおもう。あの長髪の人を狙《ねら》ったわけでもない。秦兵だけを殺したかったのかな」

田横がそういったとき、まえを歩いていた田儋が急にふりむいた。

「博浪沙《はくろうさ》で事件があったではないか。六、七年前のことだ。巡遊する皇帝が賊に襲われ、皇帝の副車が大破したという、あれよ。なんでも鉄椎によって砕かれたらしい。その賊はまだ捕らえられていない」

事実であった。

秦王政が皇帝となって四年目にその事件は起こった。その前年に始皇帝は東方へゆ

き、泰山《たい》において天を祭り、泰山の下の小さな山である梁父《りょうほ》において地を祭った。そのふたつの祭りをあわせて、

「封禅《ほうぜん》」

という。天子が完全な治世《ちせい》を実現したことを天上と天下、すなわち宇宙に知らしめる儀式であり、それは中央集権の完成を意味するものでもあった。旅行の楽しさを知った始皇帝は年が明けるとふたたび東遊にでかけて、博浪沙というところにさしかかった。博浪沙は洛陽《らくよう》のある三川《さんせん》郡の東部をながれる鴻水《こうすい》の南岸に位置する。たれも目をあげてみることがゆるされない皇帝の行列に、あろうことか、大挙して盗賊が襲いかかったのである。賊のひとりは大力の男で、始皇帝の車を狙って鉄椎を投げた。が、空《くう》を飛んだその鉄椎は始皇帝の副車を破壊したものの、始皇帝のいのちを潰《つぶ》すことはできなかった。血の気を失った始皇帝は賊が去ったあと激怒し、

「賊を捕らえよ」

と、命令した。すぐさまその命令は全土の郡県につたえられ、十日間大捜索がおこなわれたにもかかわらず、賊は逮捕されなかった。

じつはその盗賊団を指揮していた者を、

「張良《ちょうりょう》」

と、いい、かれは韓の大臣の子孫であった。韓が秦に滅ぼされたとき、張良は出仕するまえの若者であったにもかかわらず、

「秦王を刺せる者はいないか」

と、財産のすべてをつかって刺客を求めた。韓王安《あん》は秦軍の捕虜となって斬《き》られ、父兄も戦死し、生き延びた張良は復讎《ふくしゅう》を心に誓って諸国を歩き、淮陽《わいよう》で学問をし、東方で隠然たる勢力をもつ倉海君《そうかい》にまみえて、ひとりの力士を得た。ふたりが始皇帝を襲撃するためにつくった鉄椎は、重さが百二十斤《きん》であった。この時代の一斤は二五六グラムであるから、百二十斤とは、およそ三一キログラムである。その重さの鉄製の金槌《かなづち》がまともに始皇帝にあたれば即死させていたであろう。が、失敗した張良はすばやく東奔して海に臨む郡である東海郡の大きな県である下邳《かひ》に匿《かく》れた。その後、任俠《にんきょう》の徒となり、秦の役人に追われる者をかばい、かくまった。田氏の三兄弟が遭った大男は、張良の配下の力士であり、ひとりの人物を逃がすために派遣され、たまたま秦兵と接触したため、かれらを撃殺したのである。

だが、田氏の三兄弟に賊の事情がわかるはずはない。

秦兵の屍体《したい》をみたあと、いそいで丘阜《きゅうふ》をくだり、鄗の門前に立つと、大きな声で陳《ちん》氏を呼んだ。門が閉じられているときはつねにそうしてきた。門の近くに住んでいる

陳氏が門をひらき、長老の有《ゆう》氏の家まで同行して報告する。人を泊めることのできる広さをもった家は、有氏家しかなく、有氏は宿泊の銭を収めて貯《たくわ》えておき、鄙のためにつかうようである。

が、今夜は、陳氏の返辞がない。

「もう眠ってしまったのか」

と、つぶやいた田儋が、ふたたび陳氏を呼ぼうとしたとき、門がわずかにひらいた。

「おお、きてくれたか。いつものように、頼む」

田儋がそういえばうなずいて門をあけてくれる陳氏が、どういうわけか、唇に指をあてて首を横にふった。田儋は顔を近づけた。

「今夜は、だめなのか」

「長老の家に秦兵がいる。日が沈んでから門をあけたと知られれば、こうなってしまう」

と、陳氏は手桎《てかせ》をはめられたかっこうをした。

「秦兵……。もしや騎兵か」

「そうだ。重傷の兵を長老の家にあずけた兵は、狄県へ報《しら》せに行った。盗賊に襲われたそうだ。あなたがたは、盗賊に遭わなかったらしいね」

「いや、遭ったさ」

田儋がそういうと陳氏は小さく笑った。秦の騎兵は十人いて、八人は殺され、ひとりは重傷で、負傷しなかった兵がひとりであったというのに、武装もしていない田氏の主従がその強悍《きょうかん》な盗賊と戦って軽傷者さえださなかったことはありえない。陳氏は田儋の冗談には憑《の》らないという顔つきをした。

「みてくれ。馬車を盗賊に壊されたので、歩いて丘をおりてきた。長老の家がだめなら、陳氏の納屋《なや》でもかまわぬ。泊めてくれぬか」

「だめだ。今夜は、ぜったいにだめだ」

首をすくめた陳氏は無情にも門を閉じた。

田栄と田横のほうに顔をむけた田儋は、

「秦兵に宿舎を奪われてしまった。近くに林がある。そこで露宿《ろしゅく》するしかない。腹がへった」

と、すこし怒りをまじえた口調でいい、歩きはじめた。田横は長髪の男のようすをうかがった。足が痛そうである。

馬車は壊されても食料を奪われたわけではなく、皮袋には水が残っていたので、田氏の従者は背負ってきた物を林間におろし、小さな竈《かまど》を築いて炊事をはじめた。

夏でも夜は冷える。

火を焚《た》いて集まり、火の近くで食事をした。

空腹ではなくなると全員の表情から険しさが剝《はが》れた。田儋は長髪の男にむかって、

「あなたのことは何と呼べばよいのか」

と、おだやかに問うた。

「許《きょ》と呼んでくれればよい」

細い声である。声だけをきいていると女であるようにおもわれる。からだも薄い感じでとても男の骨格とはおもわれない。

「許氏か……。あなたは十人ほどの騎兵に衛《まも》られていた。それほどの護衛者が付くあなたは、どういう人なのか」

「わたしは庶人にすぎない。広陽《こうよう》郡に親戚《しんせき》がいるので、そこに滞在していたのだが、突然、臨淄郡の郡守さまからお招きをうけた」

広陽郡はかつての燕の国の中心地である。臨淄郡は狄県をふくむ郡であることはまえに述べた。秦には三十六郡があり、郡ごとに守と尉と監がいる。守が行政の長、尉が軍政の長、監は監察官である。郡下には県があり、その長官を令というが、一万戸に満たぬ県の場合は、令とはいわず長という。

「いまの郡守は……」

田儋が首をかしげたのをみた田栄が、

「皇太子妃の父だろう。皇太子が皇帝になれば、外戚《がいせき》として大きな権力をにぎる。いまからとりいろうとしている官吏はすくなくないときいた」

と、世知を披露した。

「そうか、その郡守から招かれるあなたは、何者なのだ」

「占いをする……」

「ほう、筮者《ぜいしゃ》か。北の広陽郡にいたのに臨淄に招かれるのだから、あなたは名人なのだな」

「筮者ではない」

許氏は細いが強い声でいった。

「そういえば、筮占《ぜいせん》につかう蓍《めどき》がないいな」

「人相を観《み》る」

田儋は吹きだした。手を顔のまえでふり、あれは中《あ》たらぬ、筮占のほうがよい、といい、話に興味を失ったという顔つきをした。田栄も笑ったが、

「われわれはあなたを救った。その礼に、人相を観てくれまいか」

と、うながすようにいった。

「もとより、人相を観ていた。あらためて観るまでもない」

と、許氏はやや不機嫌にいった。

「あらためて観るまでもないといわれては、栄よ、たいした面《つら》ではないな」

と、ななめに坐った田儋がからかうと、従者は声を挙げて笑った。だが許氏は感情を殺したように冷《ひ》えた声で、

「長者らしいあなたから、申そうか」

と、いい、まなざしを田儋にむけた。田儋はまともに許氏を視《み》ずに、

「占いは好かぬ。昔、人相を観る者に、あなたは臨済《りんせい》の近くで殺される、臨済には近づかぬことだ、といわれた。いまだに気持ちがよくない。占う者は、人の不幸を予言せぬのが礼儀というものだろう。ちがうか」

と、強い声でいった。

「それは、臨済に近づかねば、殺されることはない、と災難が避けうるものであることをいったのであり、占った者の好意と解すべきだ」

「そうかな」

田儋は憶《おも》いだしたくないように首をふった。

「あなたのいう礼儀を守っていえば、あなたは数年のうちに王となる」

鋭く顔をもどした田儋は、睨《にら》むように許氏をみつめたが、口もとに笑いをひろげて、

「こんな愉快な観相《かんそう》があろうか。わしが王となれば、栄は何になるのか」

と、小さく顎《あご》をしゃくった。

「この人も、王となる」

許氏がそういったとき、ふしぎな緊張がほどけたように田儋と従者はいっせいに哄《こう》笑《しょう》した。田儋の笑いはとまらず、かれは片腹をおさえて、唾を飛ばしながら喋《しゃべ》った。

「そうか、これが許氏の礼か。わかった、わかった。ぞんぶんに楽しんだよ。今度は、わしが占ってみようか、そこにいる横《おう》という従弟も、王となる。どうかな、許先生、あたっているか」

「その通り――」

「やめてくれ、王が三人とは……、これ以上笑うと、腸《はらわた》がよじれてしまう」

焚き火のまわりで笑いが渦となった。田横も兄とともに笑った。秦帝国という巨大な組織が個人の欲望を徹底的に抑圧している。始皇帝の子さえ王になるのがむずかしいという現実を知れば、かつての斉王の子孫が国を再興するのは、妄想の上に築いた

夢想であろう。

星の光が衰えぬうちに起きた田儋と田栄は、顔を見合わせて、また笑った。

「王よ、ご気分はいかがかな」

と、田栄がからかった。

「もうひとりの王よ、車を壊されたので、もう出発せねば、夕方までに狄には着けぬ。早々に発《た》とうではないか。気分がよいはずはないではないか」

「王の仰《おお》せとあらば――」

と、うやうやしくいった田栄は、田儋の耳の近くで、自分が盗賊に襲われることを予見できぬ男が、人相を観るとは大いにあきれる、あの男は臨淄の郡守の親戚かもしれぬので、横に送らせたほうがよいかもしれぬ、とささやいた。

この小集団は朝食をとらずに林をでて狄にむかった。足の痛そうな許氏をみかねた田横が、

「馬にお乗りなさい」

と、声をかけ、馬の背にその瘦軀《そうく》をおしあげた。日が昇ったところで朝食をとり、また歩いた。狄の邑《まち》をみたのは日没よりかなりまえで、ほんとうに門の近くに小珈が立っていた。田横をみて小さく破顔したが、車がないという異状に気づいて、田儋の

もとに趨《はし》り寄った。

「盗賊に遭遇してこのしまつさ」

と、田儋に教えられた小珈は全身におどろきをあらわした。そのあと、許氏をいぶかしそうにみた。馬からおりた許氏は、

「あれは、あなたの婚約者かな」

と、田横にいった。

「そうだ。秋には結婚する」

「結婚……、ふむ……」

「そうだ、許氏よ、わたしも王になるのであったな。すると小珈は王后《おうこう》となる。どうだ、あたっていよう」

「礼儀にはずれたことは、いわぬ」

「おや、許氏は諧謔《かいぎゃく》のわかる人だと想《おも》っていたのに、今日は笑わせてくれぬのか」

「笑えば泣き、泣けば笑う。それが人の運命というものだ」

「昨日は占い、今日は哲理を語る。あなたはえたいがしれぬ」

田横は田儋と小珈たちと別れ、兄や従者とともに許氏をいざなって自宅に着いた。

家には家僕が百人いる。田儋の家の力はその三倍であると想えばよい。主人が車を失

って帰ってきたので僕婢《ぼくひ》たちは大騒ぎであった。

翌朝、田横が馬車で許氏を臨淄まで送ってゆくことになった。狄県から臨淄までおよそ百十里である。この時代の一里は四〇五メートルであるから、約四五キロメートルということであり、徒歩で三日という行程である。その距離を馬車でゆくのであるから、当然、臨淄には一日半で着ける。

狄県の南には済水《せいすい》という大きな川がながれている。馬車を筏《いかだ》に乗せて対岸へゆき、上陸すると、田横は馬首を東南にむけた。車中の許氏は寡黙《かもく》で、ときどき瞼《まぶた》をおろして眠っていた。目をひらいているときは、田横の剣を何度も視た。それに気づいた田横は、

「こんな剣は、めずらしくなかろう」

と、いった。

「あなたが赭巾《しやきん》の賊の大男と撃ちあったら、あなたが勝っていただろう。だが、あなたは踏みこまず、引いた。なぜかな」

「むずかしい問いだ。剣術は頭でするものではない。軀《からだ》がそう動いたとしかいいようがない」

「わたしにはわかる」

「ほう、きかしてもらおう」

許氏は表情の豊かな人ではないが、感想におもしろみがある、と田横はおもっている。

「あなたは虚《きょ》を衝《つ》かれたのだ。あの大男を測りまちがえた。自分の勘を匡正《きょうせい》するために時が要る。ゆえに引いた」

「おどろいたな。いわれてみれば、その通りだ。賊の首領には邪気がなかった。邪気を斬《き》るのはたやすいが、正気を斬るのはむずかしい」

「天下が邪気をもったら、その剣で斬らねばならぬだろう」

「おお、許氏らしい話しぶりになってきたな。わたしは許氏の話が大好きなのだ。何でも教えてくれ」

「なるほど、あなたは王のなかの王だ」

「それよ、それ、……それがききたかった」

田横は微笑して耳を澄ましたが、許氏は口をつぐんでしまった。

――気分のつかみにくい人だ。

そうはおもっても、田横は許氏に好意をもちつづけた。神秘を感じさせてくれる人は敬重するにあたいする、と田横がおもうのは、自分が身をいれて学問をしなかったという引け目があるからである。書物の文字には関心がないが、人の口からでる教訓はおろそかにしない。

夕《よる》、ふたりを乗せた馬車は小さな邑にはいった。この夜、許氏は田横におどろくべきことを教えた。

従者がいないので田横は許氏のために料理をした。うまいともまずいともいわずに食事を終えた許氏は、食器のかたづけをみとどけて、

「星をみよう」

と、田横を誘って庭にでた。燎《にわび》はなく、足もとをさぐるように歩いて、ふたりは闇の底にすわった。天空には雲が多いらしく、星がよくみえない。

「一昨日、わたしは災難に遭うことがわかっていた」

細い声であるが、あたりがしずまりかえっているので、田横にはよくきこえる。

「災難を避けることもできたのに、なぜそうしなかったのか」

「その災難によって死ぬことはない、とわかっていたこともあるが、三人の王に遭うことに関心があった」

田横はもはや笑わず、小さくため息をついた。

「許氏のことだから、すでに察していようが、わたしの曾祖父《そうそふ》は斉王であった。祖父

は斉の王子であったから、斉王になれたかもしれぬが、亡《な》くなった父は庶人にすぎず、むろん従兄も兄も庶人のまま終わる。三人に未来の王を観たとしたら、あなたは三人を護《まも》ってくれる斉王の霊を観たのだ」

「わたしは巫祝《ふしゆく》ではない。天上の神霊に憑《つ》かれることもなく、地中の鬼魅《きみ》の声をきくわけでもない。人相には人の現在と未来が同居している。わたしはみえる未来を語《つ》げたにすぎない」

「そうか……、許氏は、戯談《ぎだん》をおこなったのではないのか。だが、三人の王とは、解《げ》せぬし、信じられぬ」

「あなたはふたりの兄を護る星のようなものだ。が、あなたを護る星もいる。目をあげるがよい。星はいくつみえるか」

田横は星をかぞえた。六つしかみえなかった。

「六、だな」

「七つみつけなければ、事は成就せぬ。のこりのひとつは、雲のむこうにある。七星を捜しあてなさい」

「星を捜す――」

それには答えずに、許氏は腰をあげた。そのけはいを感じつつ、田横はふたたび天

空をみた。こんどはひとつだけ明るく美しい星がみえた。

　翌日、臨淄にはいり、郡府に馬車をつけた。郡守に招かれているという許氏を疑ったわけではないが、念のために田横は、

「わたしは狄県に住んでいる田横という者です。郡守にゆかりのある許氏をお連れしました」

　と、役人にとどけた。役人は従兄の田儋とおなじくらいの年齢で、思慮深そうにみえたが、田横の言をきくや、目をまるくして、あわてて外に飛びだした。馬車からおりた許氏に趨り寄って、

「許先生ですか」

　と、問い、許氏がうなずくのをみると、

「許先生は生きておられたぞ。いまご到着だ。早く守にお報《しら》せしろ」

　と、ほかの役人に大声で告げた。ほどなく高官もでてきて許氏に頭をさげ、

「先生が赭巾の賊に殺されたとおもい、守は連日お嘆きでした。ごぶじでなによりでした」

　と、いいながら、いざなうように歩いて行った。あっけにとられて眺めていた田横は馬車にもどろうとすると、役人に呼びとめられた。

「田横といったな。許先生をここにお連れするまでのいきさつを述べてもらわねばならぬ。緒巾の賊については、報告書を作らねばならぬ」

「やれ、やれ……」

軽く頭を掻《か》いた田横は、丘阜《きゅうふ》で賊に遭遇したことから今日までのことを、ながながと話した。

「なんじは賊と戦ったのか」

「そうです」

「騎兵はほとんど殺されたのに、なぜ、なんじは殺されなかったのかな」

「賊より強いからです」

田横がそういうと、役人は微《かす》かに笑った。

「なんじの兄も従者も、賊より強いというか」

「強いでしょう。まともに暮らしている者が、賊より弱かったら、この世は終わりです。ちがいますか」

役人は笑いを消した。騎兵は武装していない田氏主従より武においてまさると考えるのが常識である。

「納得しがたいこともあるが、嘘をついているとはおもわれぬので、これをそのまま上に報告しておく。帰ってよいぞ」

腰をあげた田横は、ふと気づいたように、

「みなは許氏のことを、先生と呼んでいたが、ほんとうに偉い人なのか」

と、きいた。

この問いに、おもわず役人は吹きだした。

「なんじは、もしかすると、狄県の田儋の親戚《しんせき》か。それならもうすこし世間のことに通じていなければ、豪族の名がすたれるぞ」

「田儋は、わたしの従兄だが……」

「たよりない従弟だな。あの先生は許負《きょふ》といって、天下第一の人相見だ。許先生がおっしゃったことは、ただの一度もはずれたことがない」

「許負……」

どこかできいた名だ、と田横はおもった。わずかに考えたあとで、あっ、と憶《おも》いだした。昔、剣術を教えてくれた項梁が、

「わしの父は楚の将軍で項燕《こうえん》という。秦将の王翦《おうせん》に敗れて殺された。田氏の先祖は斉王であろう。たがいに悪い世に生まれたな。剣術に長じたところで、何の役にも立たぬ時代になりつつある。人相を観《み》て、かならず人の運命をいいあてる許負も、官吏《かんり》ば

かりの世では、予言するはりあいがないであろう」

と、いったことがある。

――許氏とは、その許負であったのか。

田横は顔色を変えた。

「おお、いまごろになって驚いたのか。許先生と知らずに助けたのでは、許先生に人相を観てもらえなかったな。あの先生は、紹介者がないと占わないらしい。気がつくのが遅かったな」

田横の耳にこの声はきこえなかった。自分が馬車に乗ったという自覚もない。許負のことばにおおわれたまま、帰途を走っている。田儋と田栄それに自分が王になることとは、どう考えてもありえないことなのに、許負が予言したとなると話は別である。

一泊した夜に、星をみた。往きとちがって復《かえ》りは快晴で、多くの星がみえた。

――あのなかで、自分と兄のための七星を捜さねばならぬ。

なにを、どうすれば、七星にめぐりあえるのかを許負に問うておくべきであった。

すべては手おくれである。

「わからぬことばかりだ」

と、つぶやいた田横は考えることに疲れて呆然《ぼうぜん》と夜空を眺めていた。

翌日、済水の津《みなと》をみるまえに、路傍から飛びだした女におどろいて馬車を停めた。

「小珈――」

走り寄ってきた女が小珈であることも意外であったが、血相が変わっていることにとまどった。

小珈の手をとった田横のからだのすみが甘く疼《うず》いた。馬車に乗った小珈はあえぎながら、

「津へ行ってはなりません。役人があなたを捜しています」

と、おもいがけないことをいった。

「わたしが逮捕される……、なぜ……」

「おふたりは捕らえられ、獄に送られたとのことです」

ふたりとは、田儋と田栄のことである。

「小珈、……わかるように話してくれ。われわれは役人に捕らえられるような悪事をしていない」

「家に踏みこんできた捕吏は、赭巾《しゃきん》の賊に通じている容疑がある、といいました」

「県の役人は、どこに目をつけているのか」

「家中から赭巾を発見したとのことです」

「まさか——」

田横の顔面から血の気が引いた。たれかが田氏をおとしいれようとしている。

「わかった。よく報せてくれた。千乗へゆこう」

「千乗の家も役人に見張られておりましょう」

「では、千乗の近くまで行き、そなたをおろす」

「それから、どうなさるのですか」

「われわれが無実であることを立証してくれる人をみつける」

田横は迂回《うかい》した。済水にそってさかのぼり、済水を渡ってから北上し、それから馬首を東にむけて千乗に近づいた。食料を多く積んでいないので、小珈をおろしたときには食べる物がなかった。それがわかっている小珈は、

「家の者に食べ物をとどけさせます。待っていてください」

と、ふりむいていった。

「いや、役人に蹤《つ》けられる。何とかなる。心配しないでくれ」

小さく笑った田横は馬車を正反対にむけて陳氏の家をめざした。一日、飲まず食わずで馬車を走らせた田横は、鄙の門が閉じるまえに陳氏の家に到着した。田横をみた陳氏は迷惑そうな顔つきをした。

「こんなところをお役人にみつかると、わたしも獄へ送られてしまいます。今朝も、あなたを捜索して、お役人がきたのですよ」

「すまぬな。ここに銭がある。この銭のぶんだけ飲食物をくれ。泊めてくれとはいわぬ。それらを積んだら、鄗をでる」

田横にはいそいでゆかねばならぬところがある。

――われわれが赭巾の賊に通じていないことを知っているのは、許先生だけだ。

許負が臨淄に滞在していることを希《ねが》いつつ、日没直前に鄗をでた田横は、おもに夜中に馬車をすすめ、昼は林のなかで睡眠をとり、さらに大きく迂回した。

――従兄と兄は拷問《ごうもん》されているかもしれぬ。

もしも有罪が確定すると、田儋の子の田市《でんし》、田栄の子の田広《でんこう》まで処罰され、田氏の財産は県に没収されてしまう。

夜、ゆっくりと馬車をすすめながら、星をみた。

「七星をみつけなければ、事は成就せぬ」

と、許負は教えてくれた。すでに三人が王になるための戦いははじまっているのではないか。田横自身もふたりの兄を衛《まも》る星なのである。

――わたしが兄たちを助けてやる。

ここまで生きてきて田横には苦難らしい苦難がなかった。これがはじめて直面した苦難といってよい。

――許先生にお会いしてよかった。

苦難につぶされない自分がある。困難をつぎつぎに打破してゆけば、栄光にたどりつける。王になりたいわけではない。王のごとき強い心と勇気をもてたことが愉《うれ》しいのである。

臨淄に近づいた田横は用心する必要があった。門にはかならず役人がいるであろう。このままのかっこうではみとがめられて逮捕されてしまう。

――そうだ。

田横は憶いだした。臨淄の東隣に東安平《とうあんぺい》という県があり、そこに華《か》氏という家がある。華氏は往時、斉の湣王の臣下で、田横の祖父の側近であった。祖父が一家を建てたとき、まっさきにやってきたのが華氏であり、その後祖父の手足となって家を隆昌《りゅうしょう》にみちびき、引退後は東安平に住んだということである。いまは孫の代にちがいなく、田氏との縁は切れているが、わけを話せば、力になってくれるのではないか。

田横は道をかえた。

――これで華氏に売られるようなことになれば、七星を捜すまでもない。

東安平をみた田横は剣を皮袋にかくし、冠をはずして幘《さく》をつけ、馬車からおりて馬を牽《ひ》いた。門には役人の影はなかった。うろ憶《おぼ》えの里名《りめい》と華氏という氏をいっては、路を歩く人に問うた。

さいわいなことに、

「その華氏なら」

と、教えてくれた人がいた。いわれた通りに歩いてゆくと、構えの大きな家があった。門に近い牆《かきね》に背をあずけるかたちで、眼光のするどい青年が立ち、田横をみている。田横はあえて笑貌《しょうぼう》をつくり、

「こちらが華氏でしょうか」

と、商人のような口調できいた。

「そうだが……」

「ご主人にお目にかかりにきたのですが、ご在宅でしょうか」

「いま、とりこんでいる。明日、でなおせ」

と、青年は突き放すようにいった。

「困りましたな。明日ではまにあわぬ用件できたのです」

「こちらも、明日ではまにあわぬことで、いそがしい。うろうろしていると、手荒な

ことをすることになる。とっとと帰れ」

そういわれても田横はしりぞかず、

「あなたは、この家のかたですか」

と、いい、門に近づいた。青年は牆から背をはなして田横をさえぎろうとした。さらに田横がすすもうとするので、青年は田横の肩をつかみ、倒そうとした。一瞬、青年のからだが虚空《こくう》に浮いて落ちた。

「修行が足りんな。狄の田横がきた、ととりついでくれ」

怒気とともに半身を起こした青年は、あっ、とおどろき、

「あなたが狄の田横――」

と、いい、跳ね起きるや、田横に一礼して門内にみちびいた。

――ここの風向きは悪くない。

田横は幘を冠にかえ、剣をとった。それを青年はまぶしげにみていた。家中にいる僕婢《ぼくひ》はすくなくない。華氏は東安平の富家のひとつであろう。田横が一室に落ち着くと同時にあわただしい足音とともに主人があらわれた。五十代の男である。

「ごぶじで、なによりでした」

「従兄と兄が捕らえられたことを知っているのか」

「昨日、知りました。それで無傷《ぶしょう》があなたさまを助けにゆくといいだして、友人がくるのを待って出発するつもりだったのです」

何がどうなっているのか、田横にはさっぱりわからぬ話である。

対座している華氏の態度と口調にようやく落ち着きがあらわれた。

「無傷を呼んで話させます。あれはわたしの三男です」

と、いった華氏は手を拍《う》った。室外で見張りに立っていた華無傷がすぐにはいってきた。かれは最初から田横に敬意をもっているらしく、端座《たんざ》して名告《なの》った。

「さきほどは、すまなかったな。けがのないように投げたつもりだが……」

「あのようなかっこうで天を観たのは、はじめてです」

「天地がさかさまになったか」

「まさしく――」

と、華無傷はいい、苦笑した。ふたりの話をきいていた華氏は眉《まゆ》をひそめた。

「無傷がご無礼をいたしましたか」

「いや、初対面の挨拶《あいさつ》をしたにすぎぬ」

「それならよいのですが。無傷よ、田解《でんかい》のことをお話ししなさい」

と、父にうながされた華無傷は、友人の田解が遭遇した災難について語った。

田解は無傷より一歳上の友人で、無傷とちがって学問を好み、十八の歳に臨淄へ行って、ひとりの学者に師事した。ところがどういうわけか、その先生は田角《でんかく》と田間《でんかん》という兄弟にいやがらせをうけはじめ、弟子の何人かはその兄弟に襲われて負傷した。田解は十五、六歳まで華無傷とともに遊びまわり、あばれまわっていた男であるから、ひるまずに師を守ろうとしたのだが、その兄弟に目のかたきにされ、ついに半死半生の目にあわされた。先生はついに教場を閉じて親戚《しんせき》の家に仮寓《かぐう》しているという。実家に帰ってきて、けがを癒《いや》していた田解は、華無傷の見舞いをうけたとき、

「くやしい……」

と、いって、涙をこぼした。田解の師はその兄弟に礼物をとどけないということでいやがらせをうけたらしい。

つくづく自分の無力さを感じた田解は、

「剣術を習いたい」

と、いいだした。じつは華無傷もおなじことを考えていた。華無傷は華氏の三男であり、家督を継ぐわけではなく、官吏になりたいともおもわない。官吏にならなければ人ではないという世に、おもいきりさからってみたい。剣術の師にはこころあたりがある。父から田横の名をきいたことがあった。

「狄県へゆき、田横に就《つ》いて、剣術を習いたい」

父に難色をしめされるのを覚悟でそういってみた華無傷だが、おもいがけなく、

「いまの世に剣は無益だが、ほんとうの有益は無益から生まれることを、教えてもらってくるがよい。なんじは知るまいが、狄県の田氏は斉王の曾孫《そうそん》で、わが家の旧主にあたる。人に仕えたことのないなんじは、狄では、学ぶことが多かろう」

と、ゆるされた。友人の田解が学問の師をかばおうとしてけがを負わされたこと、ともに田横のもとで剣術を習得すること、などを話すと、父は紹介状を書いてくれた。

ところが、狄県の田氏が逮捕され、田横だけが逃げたという報《しら》せが飛びこんできた。しばらく考えていた父は、

「田氏は狄県の人々に慕われているときいた。賊に通じて、悪事をおこなうような人ではない。県令が誤解したのだろう。田横どのは、おそらく平原の楡氏か、博陽《はくよう》の田氏にかくまわれているにちがいないが、わが家のほうが安全だ。行って、お連れしなさい」

と、無傷にいいつけた。それゆえ華無傷は父の書翰《しょかん》をもち、友人の田解とともに、今日中に出発するつもりであったという。

話をききおえた田横は、

「おどろくべきご厚意だ。何と礼をいってよいかわからぬ」

と、頭をさげた。ひとつ、話のなかに、知らぬことがあった。博陽の田氏とは何者であるのか。

「ご存じありませんか。わたしの祖父とおなじで、あなたさまのお祖父《じい》さまの側近の家です」

こういう話をしているあいだに華無傷の友人が到着した。田解は華無傷に耳うちをされ、おどろきのあまり目と口を大きくあけた。

田解は華無傷よりはるかに体格がよい。やさしげな眉をしているが、口もとに利《き》かぬ気がでている。入室して名告った青年に、

「臨淄では、たちの悪い兄弟にいためつけられたらしいな」

と、田横は声をかけ、目で笑った。

「立派な先生です。学問を商売にしているわけではないのに、兄弟にたかられ、教場を閉じました。教えを乞いたい者は多いのですが、兄弟が怖くて、先生のもとにゆけません」

「その先生は、何という氏名なのか」

と、田横はきいた。

「田光《でんこう》と申されます」

「どこに行っても、田氏は多い」

臨淄は往時、斉の国都であった。斉は太古に太公望《たいこうぼう》という羌族《きょうぞく》の首長によって建国され、春秋時代の終わりまで、太公望の裔孫《えいそん》が君主であった。が、戦国時代になって、大臣のなかで最大の勢力をもつ田氏によって簒位《さんい》がおこなわれ、以後、斉が秦に滅ぼされるまで国王は田氏であった。その田氏から派生した田氏の家は数百とあり、もとの斉国は臨淄郡、済北郡、膠東《こうとう》郡などにわかれたとはいえ、その三郡を歩けばかならず田氏にあたる。

「田光先生は有徳《ゆうとく》者のようなので、助力してあげたいが、さきにこちらを助けてもらいたい」

そういった田横は華氏のほうに顔をむけた。

「どのようなことでも、いたしますが……」

「あなたは許負という人相見を知っているか」

「名は、存じています。天下無双の人相見だそうですな。むろん会ったことはありませんが」

「その大先生を、従兄と兄とわたしの三人で、赭巾《しゃきん》の賊から救ったのさ」

「まことですか」

おもわず華氏は膝《ひざ》をのりだした。

「われわれ兄弟が赭巾の賊に通じていないことを証言してくれるのは、その先生しかおらず、許先生は臨淄の郡守に招かれて、臨淄に滞在していたはずなのだ。いまも滞在中であれば、事情を話して、助けてもらう。すでに出発なさったのなら、追いかける。それを教えてくれそうな役人がひとりいるのだが、まず臨淄へはいるのがむずかしい。その役人に会うのもむずかしい」

「わかりました。ただちに臨淄へまいりましょう。お着替えになり、わたしの従者として臨淄へおはいりになればよい。わたしが知人の家にいるあいだに、無傷と田解をお使いになって、その役人をよびだせばよろしいでしょう。しかし、その役人は、信用できるのですか」

「さあ、どうかな。疑えばきりがない。兄を釈放してもらうには、それしか手がないのだ。わたしが逮捕されたら、華氏に許先生をさがしてもらうしかない」

田横は着替えをはじめた。

出発まぎわに、

「用心のため、歩いていただきますが、お許しください」

と、いった華氏に、皮袋にいれた剣を背負った田横は、

「礼をいわねばならぬのは、わたしのほうだ。まさか華氏のこれほどの厚意に接することができるとはおもわなかった。父祖の霊が守護してくれているように感じるよ。ところで――」

と、いい、馬車に乗ろうとする華氏を物かげに誘った。

「あなたは人相見の占いを信じるか」

「県内に筮占《ぜいせん》に長じた老人がおります。何度か占ってもらい、その通りになりました。しかし人相見はおりません。あ、許負先生のことをおっしゃっているのですか」

「許先生に、わたしばかりでなく、従兄と兄も、将来のことをいわれた」

「それで……」

華氏はいよいよ真剣な顔つきになった。

「三人とも、王になるといわれた」

「えっ――」

華氏の目と口は驚愕《きょうがく》そのものになった。しばらく無言で田横をみつめていたが、やがて大きな息を吐いた。

「占いとは、恐ろしいものです。わたしは三男のゆくすえについて悩みまして、どうしたらよいか、筮で占ってもらったのです」

「ほう――」

「すると西から興《おこ》る王の股肱《ここう》の臣となり、師旅《しりょ》を指揮する位を得る、と告げられました。さすがにわたしは嗤《わら》い、いまの時世に王は興りようがなく、その王とは長城の外の蛮夷《ばんい》の王か、と申しました。しかし、狄県は東安平の西にあり、西から興る王とは、田氏のご兄弟のことであるといまわかりました」

「これは、おどろいた。われわれ兄弟が斉王室を再興し、華無傷が近臣となって扶《たす》けてくれるような日がくるのかもしれぬ。たとえその日がこなくても、無傷をわたしにあずけてくれ」

「もとより、そのつもりでおります」

華氏は東安平を出発した。数人の従者のなかに田横、華無傷、田解がいる。臨淄まではわずかな距離である。遠くから門のあたりをみた華無傷は、

「やはり、役人がいます」

と、田横にささやいた。田横はうつむいた。

うしろを歩いていた田解は気転をきかせて、華無傷に耳うちをすると、門のあたり

で通行する人々を眺めている役人にふたりで近づき、

「府上《ふじょう》はどこにありますか」

と、きき、通過する華氏と従者がみえないように、ふたりで牆《かきね》をつくった。田横は車輪に近いところを歩き、車体とともに移動したので、役人にみとがめられることはなかった。

車中の華氏は田横にむかって、

「知人の宅《いえ》は無傷が知っています。首尾をお報せください。不首尾でしたら、わたしが許先生を捜しだして訴えます」

と、肚《はら》のすわった声でいった。目をあげた田横は、

「迷惑をかけたくないが、どうなるかわたしにもわからぬ」

と、いい、牘《とく》を借りて筆記し、それを華無傷にあずけてから、華氏と別れた。

府上すなわち役所のみえるところで、

「ひとりの役人をつれだしてもらいたい。だが、氏名を知らぬ。年齢は三十代のなかばで、身長はわたしよりすこし低い。左眉のこのあたりに痣《ほくろ》がある」

と、容貌《ようぼう》の特徴をこまかくふたりに教えた。大きくうなずいた華無傷と田解は平然と役所へゆき、

「お願いがあってまいりました。こちらに許負先生がご滞在であるときき、東安平からまいりました。どなたか許先生へとりついでくれませんか」

と、大声でいった。

「おい、うるさいぞ。許先生はすでにお発《た》ちになって、ここにはおられぬ。遅かったな。さあ、帰れ、帰れ」

けわしげな表情の役人に追い払われそうになったふたりだが、地にひたいをつけて、

「許先生はどちらにむかわれたのでしょうか。どうかお教えください。このままでは主人のもとに帰れません」

と、ねばりぬいた。するとひとりの役人が奥からでてきた。ふたりのまえでしゃがみ、

「許先生が臨淄に滞在なさっていたことは、府外の者が知るはずがない。それを知っているということは、と、気づく者がでないうちに、帰ったほうが身のためだ」

と、低い声でいった。はっと顔をあげた華無傷は眼前の役人を視《み》た。左眉のわずか上に痣がある。

——この人にちがいない。

と、おもった華無傷は、嘆願するような手つきで役人の手にすがり、牘をにぎらせ

た。その役人は眉をひそめたが牘のうしろに、

「十口黄木《じっこうこうぼく》」

と、書かれてあるのをみると、さっとその牘を袂《たもと》に斂《おさ》めた。同時に華無傷と田解は
あとじさりをしつつ、

「ご氏名は――」

と、きいた。役人は立ってうしろをむいたとき、

「許章《きょしょう》――」

と、あまり口を動かさずにいい、歩き去った。

――みこみがある。

華無傷と田解は飛ぶように田横のもとにもどった。

「そうか。許章というのか、あの役人は」

「許氏には胆知があります。十口黄木で、すぐに気づいたようです」

と、華無傷はいった。むろん十口で田、黄木で横となる。

「まもなく今日の勤めは終わりです。帰るのを蹤《つ》けましょう。途中で呼びとめるのは
許氏の迷惑となります」

田解は気くばりのできる質《たち》であるらしい。

三人は許章の帰宅のときを待った。やがて役所から許章がでてきた。早足である。三人も遅れぬように歩いた。自宅らしい家にはいった許章は入り口を閉めなかった。それをみた三人は迷わずに家のなかにはいった。微光のなかにいた許章は声をあげそうになった妻に、

「安心せよ。わたしの知人だ。すぐ帰る」

と、いい、奥にゆかせた。三人は無言ですわっている。

「牘はみた。あなたの一族の生死がわたしと許負先生にかかっていると書かれてあったが、わたしは賤臣《せんしん》にすぎず、何も助力ができない。郡守を動かせるのは許負先生であり、先生は二日前に咸陽《かんよう》へ出発なさった。兵が二十人ほど付いている。とても近づけまい」

「死ぬ気になれば、何でもできる。ご教示を感謝する」

「先生は舟にお乗りにならない。薛《せつ》郡の魯《ろ》県にお立ち寄りになるときいた。わたしが知っているのは、それだけだ」

「充分な助力だ」

許章にむかって頭をさげた三人は華氏がいる知人宅へいそいだ。

華氏の知人の氏名を、

「田既《でんき》」

と、いう。任俠《にんきょう》道を歩くひとりであり、すくなからぬ配下をもっている。むろんかれも数代前の先祖は斉の王族である。華氏から話をきいていたのであろう、田横の来訪を知るや、容《かたち》を端《ただ》して迎えた。年齢は四十代の前半といったところで、容姿に厚みがある。顔も大きい。田横にむかって頭をさげ、

「おうわさはきいておりました。はからずもお目にかかることができました」

と、太い声でいった。

「そう丁寧に挨拶《あいさつ》されるほどの者ではない」

「禍事《かじ》の内容をはじめて知りました」

「許負という先生に追いつけば埒《らち》があくとおもったが、先生には二十人も護衛の兵がついている。すまないが、早い馬を三頭貸してはくれまいか」

「許負先生の所在がわかったのですか」

と、横から華氏が問うた。

「二日前に臨淄を発ち、咸陽へむかったそうだ。むこうも馬車だから、もう昌国《しょうこく》へ着いているだろう。たとえ追いついても、先生には近づけない」

「そうですか。咸陽へは済水ぞいの道をゆくのでしょうな」

華氏は表情を曇らした。

「いや、薛郡の魯県に立ち寄るそうだ」

「何と、天祐《てんゆう》とは、このことです。魯県へ行くのであれば、かならず博陽で泊まるはずです。博陽の田氏をお忘れですか。かれは駅亭《えきてい》の長であり、許負先生に近づけます」

「それはいい。すぐ発ちたい」

と、田横がいうと、田既は幽かに笑い、

「すでに日没です。明朝になさるとよい。博陽へは近道があります。わたしもお従《とも》しましょう」

と、落ち着いていった。

夕《よる》、田横は田既にもてなされた。談笑しているとふしぎな気分になった。急に、黄金の色の砂丘を憶《おも》いだした。その砂丘を越えて丘阜《きゅうふ》にはいってから運命が変わったような気がする。許負という人相見は、狄の田氏一族に幸運をもたらしたのか不運をもたらしたのか。あれから、おもってもみない人につぎつぎに遇《あ》い、いま田既の家にいる。この田既は、もしかすると、捜しあてねばならぬ七星のひとつであるのか。

「ところで田角と田間という兄弟を知っているか」

田横は、情報通でもあるらしい田既にきいた。

「あまり良い評判を聞きません」

「華氏の三男の友人が、わたしに従ってきた田解という。田解の師を田光といって、なかなかの人物であるらしいのだが、その兄弟に迫害されて、教場を閉じた。ふたたび教場を開かせたいのだが、どうおもうか」

「田角と田間は、郡府に出入りしているということなので、郡府のために働いているとみてよいでしょう。それだけに少々の悪事は、役人は目をつむっているとおもうべきです」

さすがに田既はよく知っている。

「郡守もその兄弟の悪事をみのがしているとなると、許負先生を通じてのわたしの訴えも、却下されそうだ」

「いえ、郡守の評判は悪くありません。兄弟を使っているのは、おそらく郡監でしょう。郡守は兄弟のことを知らぬはずです」

「では、兄を救うみこみはある」

と、田横はいったものの、郡を監察する長官が田角と田間という質の悪い兄弟をひそかに使っているとなると、郡内でおこなわれる不正を勤敏《きんびん》に摘発するとはおもわれない。郡監にも悪事のにおいがする。華氏はこのたびの事件は県令が誤解したために起こったとおもっているようだが、単なる誤解ではないことはあきらかで、赭巾を家中に置いて田儋や田栄に罪を衣《き》せようとたくらんだ者がいるのである。県令に密告し、細工をした者はたれなのか。

ひとりになった田横の寝つきは悪かった。

翌朝、田既が用意してくれたのは、馬車であった。一乗の馬車には田横と華無傷が乗り、あとの一乗には田既と配下が乗ったので、田解は残ることになった。東安平へもどる華氏は田横に書翰《しょかん》を渡した。

「これを田吸《でんきゅう》という者にお渡しください。委細を書いておきました。かならず力になってくれるはずです」

「ありがたい。無傷を借りる」

「無傷は、あなたさまにさしあげました。どのようにでもお使いください。田解はわたしがつれて帰ります」

三乗の馬車はぶじに臨淄の門を通過した。役人の影はなかった。その三乗の馬車はすぐに二乗と一乗に別れた。

ほどなく馬車は山間の道にさしかかった。田既のいう近道とは起伏の烈しい道である。田既は義俠《ぎきよう》を売り物にしているらしいが、それはおもてむきで、裏では法に触れるか触れないかというきわどいことをやっているのであろう。その田既と親しい華氏も家産を殖《ふ》やすのに正路《せいろ》だけを歩いてきたわけではあるまい。家業に殉ずる姿勢をみせず、父をてこずらしてきた華無傷の悁急《えんきゆう》さのなかに、じつは純粋さがあったのではないか。そういう華無傷を父は憎んでいたわけではなく、むしろ愛し、家業にその生気を縛りつけないで活《い》かす道をさがしたのは、ほんとうの父親の愛情というものであろう。華無傷をあずかったかぎりは、そういう父親の真情がわかる人格に育てたい。さいわい田横は華無傷に尊崇《そんすう》されている。田横のことばは華無傷に潤滑にはいってゆく。

山を越えてゆく道には大きな邑はなく、当然、旅舎はなく、農家に泊めてもらうという旅をつづけた。ふつうに臨淄から博陽まで馬車でゆくと、八、九日かかる。が、田既が選んだ道は六日という旅程である。充分にさきまわりができるはずであったが、大雨に遭い、坂路《はんろ》がのぼれなくなったため、予定より一日遅れた。博陽に到着したとき、さきに許負が到着していることがわかった。

——まにあった。

許負が出発していたら、万事休すであった。

「数年前に、父につれられて博陽にきて、田吸にも会っています。わたしが書翰をとどけましょう」

華無傷はそういい駅亭へ行った。が、すぐにもどってきて、

「田吸は病だそうです。住所はわかっていますから、そこへ行きましょう」

といった。

——すんなりとは、いかぬ。

田横には焦《あせ》りがある。田吸が駅亭にいなければ、書翰をどのように許負に渡すのか。

「ここです」

と、華無傷がゆびさしたのは、さほど大きな家ではない。入り口で華無傷が声を発した。すると十二、三歳の童女があらわれた。遠くからみていた田横はその童女の美しさにおどろいた。童女は斜光のなかに立っていたが、童女自身が光を放っているようであった。童女は華無傷の話をききながら、ときどき田横のほうをみた。

華無傷の話は長い。狄の田氏が赭巾《しやきん》の賊に遭遇したことから、田横が許負に証言を求めにきたことまで、もれなく話したようである。気の短そうな華無傷がそういう丁寧さに終始したのは、童女がもっているふしぎなふんいきのせいであろう。誠実さのない者を拒絶する勁《つよ》さがあるといってもよい。ものごとの真偽をみぬくような目をも

っているともいえよう。

話を終えた華無傷がふりかえった。同時に童女は歩をすすめて、まっすぐに田横に近づき、

「田吸の女《むすめ》で季《き》桐《とう》と申します。父は病ではございません。盗賊と戦って負傷したのです。回復しつつありますが、駅亭へゆくのは無理であると存じます。でも、ご落胆なさいませんように。わたしが許負先生にお目にかかり、かならず書翰をお渡しします。それまでどうかわが家でお待ちください」

と、澄んだ声でいい、きれいに拝手した。四人の男を家のなかにいれた季桐は、田横と華無傷を父の寝室へいれた。牀《しょう》の上で半身を起こしていた田吸は、はじめてみる田横から目をそらさなかった。季桐が田横について語《つ》げるや、

「おお、狄の田氏の弟どのか。よくぞ、訪ねてくださった」

と、表情を明るくし、声を悦《よろこ》びで染めた。季桐は多くを父に語らずに、

「駅亭へ行ってまいります」

と、立ち、華無傷からあずかった書翰を抱くようにもって退室した。田吸は説明が欲しいという顔つきをした。それをみた田横は膝《ひざ》をすすめて、

「わが従兄と兄のいのちを、季桐どのにあずけたようなものです」

と、これまでのいきさつを話した。すると田吸は、

「十日ほどまえに、博陽の近くに朱巾《しゆきん》の賊が出没し、たまたまその盗賊団の宿所を発見したので、郡の兵とともに襲ったのですが、逆襲されて、このありさまです。足をやられたのですが、さいわい痛みは引きつつあります」

と、くやしそうにいった。田吸は体軀《たいく》にすぐれているようであるし、壮年であるので、不覚をとるようにはみえない。

「朱巾と申されたが、赭巾とはちがいますか」

と、田横は訊《き》いた。朱は、木の赤で、赭は、土の赤をいう。

「明るさのある赤でした。あなたがみたのは——」

「沈んだ赤だった。鉄椎《てつつい》をふるう大男は、どうですか」

「いや、そのような男はいなかった。首領の姓名は、わかっているのです」

田吸はすこしまなざしをあげた。秦の法律は厳しく、刑も厳罰が多く、盗賊は捕獲されればことごとく死刑に処せられる。それにもかかわらず、盗賊は絶滅しない。この実態は、法律が情状酌量《じようじようしやくりよう》をはぶいて、あまりにも非情であることが裏返ったかたちといってよいであろう。田吸は秦王朝から官をもらっているので、あからさまに中央政府を批判することをしないが、内心では、いまの中央集権の政体に疑問をもっ

ている。秦によって天下が統一されるまえは、地方の郷里には自治権があった。それが支配される者のゆとりであり、精神の自律というものであった。ところが、始皇帝の時代になると、全土の民が始皇帝に直属するようになったといってよく、皇帝と庶民のあいだにいる官吏は、人ではなく法律の化身である。この窒息しそうな現状を嫌う者は、自立したくなるのであるが、移住することや職業を変えることはたやすくゆるされず、けっきょくそういう制度と対立する者たちは、法外の徒となり、盗賊になってしまうということである。それゆえ、この時代に盗賊になっている者は、卑陋《ひろう》とはいえない、いわば革命思想をもった者もいるのである。

「彭越《ほうえつ》というのが、盗賊団の首領です」

と、いった田吸は、負傷してから自分が駅亭の長でいることに迷いがある。血のかよっていない体制に媚《こ》びている自分に嫌気《いやけ》がさしているといってもよい。

「彭越か、きかぬ名だな」

「ごもっともです。碭《とう》郡から発した盗賊団で、しだいに東へ移動し、薛郡で掠盗《りゃくとう》をくりかえしていて、郡境を越えて済北郡に今年はじめてはいったのです」

「なぜ、捕縛されないのか」

「あれは、ひとつの軍です。数百人の兵では勝てない。全滅させるには五千ほどの兵が要ります。郡は盗賊団の全容をつかみきっていないので、寡兵《かへい》をだしては失敗している」

「まるで彭越は将軍だな。おもしろい男もいるものだ」

家のなかがずいぶん暗くなった。田吸には妻がいないのか、灯をともす者はあらわれなかった。

おなじころに、

「許先生のご友人の書翰を持参いたしました」

と、いった季桐が、やすやすと許負に面会していた。駅亭の管理をおこなっているのは、田吸を補佐していた者であり、当然、季桐を知っている。それに十二、三歳の童女が許負に害を加えるとはおもわれないので、面会をゆるしたのである。許負を護衛している秦兵の長の同意を得た。

食事を終えた許負は入室した美少女を瞠眄《どうべん》したあと、無言で書翰をうけとり、おもむろに披読した。

「そういうことか……」

と、つぶやいた許負は、駅亭の役人を呼んで筆札《ひっさつ》を求め、短文を書いたあと兵のひとりに、

「これを至急郡守さまに届けてもらいたい。人のいのちにかかわることですから、いますぐ発《た》ってもらいたい。なお、郡守さまには、皇太子にご迷惑をおかけせぬよう、すみやかにとりはからっていただきたい、とわたしが申していたと伝えてもらいましょう。咸陽へゆき、皇太子にお目にかかったとき、狄県での冤罪《えんざい》をお耳にいれることになると、県令の首が飛び、郡守は罷免《ひめん》されてしまいますから」

と、細い声でいった。声は細いが、そこには恫《おど》しがふくまれている。兵はさっと緊張し、すぐに退室した。

ふたたび季桐とふたりだけになった許負は、

「使者は臨淄に発った、と田横どのにお報《しら》せしなさい。なお、すでに五つの星をみつけたはずだ、と教えなさい」

と、季桐をしりぞかせた。ひとりになった許負は窓辺にゆき、天空をみあげた。

「すでに星は動いている。あの女は田横の妻となる星であるのに、七つ目の星に光を奪われてしまう」

むろんこのつぶやきは季桐や田横にとどかない。

季桐は帰宅した。男たちのまなざしがいっせいに季桐にそそがれた。季桐は小さく破顔した。それが上首尾のしるしであった。

病牀《びょうしょう》の田吸は、

「よくやった」

と、この末女を褒めた。季桐のふたりの姉はすでに嫁《か》している。季桐を産んだ田吸の妻は三年前に病歿《びょうぼつ》している。田横に頭をさげられた季桐は、五つの星について語げた。

二重の罠《わな》

田横《でんおう》は心底《しんてい》からおどろいた。おもわず季桐《きとう》の目を直視して、

「許《きょ》先生が、ほんとうに、そうおっしゃったのか」

と、問い直した。

「はい」

季桐の返辞はよどみがない。室内には、季桐に従ってきた田既《でんき》とその配下で、

「猿歌《えんか》」

と、よばれている精悍《せいかん》なつらがまえの青年もいる。病牀《びょうしょう》の田吸《でんきゅう》は季桐にささえられて、いちど立ってから、牀に腰をおろして、

「五つの星とは何のことですか。さしつかえなければ、教えてくださらぬか」

と、興味深げに田横に顔をむけた。

「じつは、五つの星ではなく、七つの星です。まさか赭巾《しゃきん》の賊に遭遇して助けた人が許負《きょふ》という人相見の名人だとは知らず、われわれ兄弟はその予言を笑って聴きながしてしまった。いや、ここでそれをいっても、みなは笑うだろう」

と、田横はあえてにこやかにいった。だが室内の五人は固い表情を崩さない。

「だから、このことは華《か》氏にしか教えていない。いま獄にいるわが兄と従兄も、予言を信じていない。その予言とは――」

室内は水を打ったように静まりかえった。

「三兄弟がそろって王になる、というものです」

すべての人が呼吸を止めたようである。

「ただし七星をみつけなければ、事は成就せぬ、と許先生にいわれ、いままた、すでに五星をみつけた、と教示されたわけです」

語り終えた田横が口をつぐむと、五人はそろって感動したようであった。とくに感動が烈しかったのは華無傷《かぶしょう》で、

「みなで秦《しん》王朝を倒せばよい」

と、口走り、田吸にたしなめられた。その田吸もすこしふるえる声で田横にいった。

「あなたは斉《せい》王の曾孫《そうそん》だ。斉王になってもふしぎではない」

「そうです。往時のように七国が並立《へいりつ》する時代がくるのです。そのことをいわず、田氏兄弟が王になると許負先生はおっしゃったのではないですか」

華無傷の昂奮《こうふん》はとどまるところをしらない。

「わたしも、そう意《おも》う」

と、太い声をだしたのは田既である。これからおもしろくなりそうだという顔つきをしている。みな秦王朝が続くことをこころよくおもっていない。とくに東方の民には秦への根深い反感がある。かつて斉の版図《はんと》をもっとも拡大した湣《びん》王は、けっきょく諸侯の嫉妬《しっと》を買って、連合軍に敗退し、斉を衰弱させたが、あとで考えてみると湣王は秦王と戦った王であり、その後の斉王は秦との友好を保とうとするあまり、他国の滅亡に目をつむり、ついに秦にあざむかれてはかばかしい戦をせぬままに滅亡した。

「湣王のほうが勇気があり、正しかった」

斉という国が消えたあと、東方の民はそうおもうようになった。昨日盟《ちか》った相手を今日襲撃するような信義のない秦に支配されているくやしさはまだ消えていない。復《ふく》讎《しゅう》は古代から中華の民の基本思想であるといってよい。

「五星にあたる人がたれであるのか、おのずとわかるときがくるだろう。田吸どの、それに季桐どの、あなたがたはわれら兄弟のいのちの恩人だ」

と、頭をさげた田横は、華無傷、田既、猿歌の三人にも礼をいった。廚房《ちゆうぼう》に立って食事の用意をした季桐は、食事のあとに、

「みなさま、どうぞ今夜はわが家にお泊まりください。田横さまは明朝お発《た》ちになる

のでしょうか」

と、きいた。

「東安平《とうあんぺい》の華氏に朗報をつたえ、兄たちが釈放されるのをみとどけたい」

「あの……」

いちど目を伏せた季桐は、自分をはげますような声の強さで、

「田横さまは、わが家に二、三日滞在なさったほうがよいと存じます」

と、いい、澄んだ目を田横にむけた。

「ここに滞在する……、なにゆえに……」

「うかがったお話をくりかえし考えてみたのです。わからないことが、一、二ございます」

「いってくれ。わたしがみすごしたことがあるかもしれぬ」

季桐の推量はおとな顔負けであった。

「赭巾の賊は許負先生と秦の騎兵を襲い、許負先生はみのがし、秦兵を殺害し、物や金を奪わずに去りました。彭越《ほうえつ》に率いられた朱巾《しゅきん》の賊はかならず金品ばかりでなく人をも掠盗《りゃくとう》しますので、赭巾の賊と朱巾の賊はちがう性質の賊です」

と、季桐は推理をはじめた。すなわち朱巾の賊は済北《せいほく》郡の南部に侵入したばかりで、

とても臨淄《りんし》郡や済北郡の北部（済水《せいすい》の北岸域）に達していないことをいう。

「わたしが遭ったのは反政府の賊ということだな」

「そうです。つぎに考えましたのは、赭巾の賊に襲われたのに、生き残った秦兵は、どこに報告へ行ったのか、ということです。近い狄《てき》県でしょうか、遠い臨淄の郡府でしょうか」

「ふむ、許負先生はおそらく鉅鹿《きょろく》郡から済北郡にはいり、迎えの兵をだしたのは臨淄郡の郡守であろうから、兵はまっすぐに郡府へ急報をとどけたとおもう」

と、いいながら田横も考えている。

「狄の田氏のご兄弟が赭巾の賊に遭遇して許負先生をお助けしたことを、郡守へ駛《はし》った兵は知っておりましたでしょうか」

「はて、さて……」

田横は憶《おも》いだそうとした。あの夜、宿泊をことわった陳《ちん》氏は何といったか。重傷の兵を鄙《むら》の長老の家にあずけた兵がいて、その兵は狄県へ報《しら》せに行った、といった。

「憶いだした。泊まろうとした鄙にいれてもらえず、鄙人《ひじん》は、秦兵のひとりは重傷で、ひとりは狄県へ報せにむかった、とおしえてくれた。急報をとどけるために夜中に駛った騎兵は、われわれのことは知らず、ゆき先は臨淄ではなく狄県だ」

「狄県へ騎兵がむかったというのは、騎兵にきいたのではなく、その鄙人がそう想《おも》ったにすぎないのではないかと考えられませんか。騎兵の上官は狄県にはおらず、臨淄にいるのですから。秦の制度では、よけいなことをすれば罰せられます」

「なるほど、いわれれば、その通りだ」

感心した田横にはいままでみえなかったものがみえはじめた。

「あなたさまが、許負先生をお助けして、臨淄へゆき、まちがった逮捕のことをお知りになるのに、何日かかったのでしょうか」

季桐の推理のすすめかたは精密である。

田横は指を折ってかぞえた。

「翌日、狄に帰り、翌々日、臨淄に許先生を送りとどけた。それで三日となり、その翌日、小珈《しょうか》に会って事件を報された。つまり、四日かかったことになる」

「小珈とは、どなたですか」

「わたしの婚約者だ。実家は千乗《せんじょう》県にある」

「そうですか」

と、いった季桐は表情を変えずに、

「狄の田氏が捕吏《ほり》に襲われたのは、赭巾の賊に遭って三日後ということになり、なぜ

告が郡府に送られたとき、許先生が田氏の兄弟に助けられたことを郡守に語《つ》げていた
はずなのに、なぜ郡守はその逮捕が誤りであると県令につたえなかったのでしょう」
と、疑問を述べた。
「そうか、県の役所は郡府からの通達を受けるまえに、緒巾の賊のことを知っていた。
なぜ知っていたか。従兄の家かわが家に、県の吏人に通じている者がいるからだ」
「おそらく――」
小さくうなずいた季桐は強いまなざしで田横をみつめている。
「さきほどいい忘れたが、許先生を助けたいきさつを、許章《きょしょう》という郡府の役人に話し
たので、報告書が上司を経由してさらに上に昇ったはずなのに、郡守はみていない。
おそらく郡守はわが兄が投獄されたことも知らぬであろう。郡守は刑事《けいじ》に関知しない
とはいえ、解《げ》せぬことが多い」
「郡と県のどなたかがつながって、田氏一門を潰《つぶ》そうとしているような気がします。
潰したあとに、田氏の財産を着服するという悪計なのではありますまいか」
季桐はいいにくいことをはっきりという。
「そうかもしれぬ」

田横は暗い気分になった。いつの世でも虎狼《ころう》のような役人はいる。

「かれらはあなたさまが許負先生のあとを追ったことを知ったのではないか、とおもうのです。それゆえ、帰路に網を張っているような気がします。伏せているのは捕吏ではなく、刺客ではないか、とおもわれてなりません」

「それで、二、三日滞在せよ、と申されたのか」

田横は季桐の聡明《そうめい》さにつくづく感心した。

「苦難は人の真偽《しんぎ》をみぬかせてくれる。こういうことがなければ、華氏を知らず、田既どのを知らず、田吸どのをたずねて博陽《はくよう》にくることもなかった。あなたがいうように、途中で刺客が待ち伏せをしていても、それを避けてゆくと、手がかりをまったく得られない。やはり、明朝、発ちます」

と、季桐にむかってはっきりといった田横は微《かす》かに笑った。すると季桐の目に、人にはわからない動揺があらわれた。そのうしろから田吸の声が揚がった。

「さすがに田横どのには王の器量と勇気がある。とはいえ、四人が多数に襲われれば、田横どのの武術がどれほどすぐれていても、衆寡敵《しゅうかてき》せずということになろう。わたしが目をかけている男に送らせましょう」

翌朝、季桐は五人の男をつれてきた。そのなかの頭《かしら》らしき男は田吸に挨拶してから、

田横のまえで片膝《かたひざ》をついて、

「陶阪《とうはん》と申します。お見知りおきを――」

と、すごみのある声でいった。さらにからだをまわして田既に頭をさげ、

「ご姓名は博陽にもとどいております。よろしくおひきまわしください」

と、いった。陶阪も任俠《にんきよう》の道を歩く者であろう。浅黒い膚《はだ》によく光る目をもった男である。年齢は三十歳くらいであろう。田横はひょいとしゃがみ、

「助力を断るつもりはないが、もしも役人を相手にすることになると、一生、逃げまわらなければならなくなる。それでも、いいのかな」

と、やわらかく問うた。

「お話はすべてうかがっております。なにとぞご懸念《けねん》なく」

口調にためらいも迷いもない。

「そうか。では、ゆこう」

立った田横は田吸と季桐に謝辞をいい、外にでて馬車に乗った。季桐だけが見送りにでてきた。その姿がみえなくなったところで、

「あんなにしっかりした女《むすめ》は、はじめてみた」

と、華無傷にいった。

「季桐は無口でした。あんなに喋《しゃべ》った季桐をはじめてみました。季桐は先生しかみていなかった」

華無傷は田横を先生とよぶようになった。小珈は季桐のようにはりつめた美しさをもっていないが、やさしさではまさるような気がした。急に馬の背が朝の陽に輝いた。

――華氏が情報を集めてくれている。

と、おもう田横は東安平へいそいだ。山道がつづいたが、雨にも遭わず、賊にも、捕吏にも遭わなかった。平坦《へいたん》な道が多くなったところに淄水《しすい》という川がながれている。それにそうように北へすすめば東安平に到る。

「明日は東安平です。ここまでくれば――」

と、緊張をゆるめたような声を華無傷がだしたとき、左右の路傍から人影が湧《わ》いた。野《や》をつらぬく道であるが、あちこちに草莽《そうもう》がある。そこから紅巾《こうきん》をつけた二十人ほどの賊が出現した。

「たやすく通してくれぬらしい。季桐は賢い。無傷よ、季桐を妻にするがよいぞ」

そういい終えるまえに剣をつかんだ田横は馬車から飛びおりた。地に立った瞬間、剣刃《けんじん》がきらめき、紅巾のひとりが倒れた。神変《しんぺん》の剣といってよい。まったく烈しさをもたぬ剣で、ゆるやかに抜かれたようにしかみえない。その剣はいつ賊を斬《き》ったのか。

車中の華無傷はその一瞬を目撃して、

——ふしぎな剣だ。

と、内心感嘆の声を揚げた。紅巾の賊はいきなり仲間のひとりを喪《うしな》ってわずかにひるんだ。田既の配下の猿歌は闘撃に馴《な》れがあるらしく、相手のひるみにつけこむように突進した。それをみた陶阪が配下とともに斬りすすんだ。田既は剣ではなく鉄の棒で相手を打ちすえた。田横は三人にかこまれたが、その剣術は舞を舞うようであり、剣の動きは速くないのに、賊はつぎつぎに崩れ落ちた。ほどなく賊の人数は十人となった。田横は無言でかれらを睨《にら》みすえた。

すでに腰がひけているかれらは突然左右に奔《はし》った。それをみた田横は、右腕を田既の鉄の棒でくだかれてのたうちまわっている男の襟《えり》をつかみ、

「たれに頼まれた。いえば、殺さぬ」

と、締めあげた。男の面皮は汗まみれになっている。苦しげにうめいたあと、

「田角《でんかく》に頼まれた」

と、吐いた。

「そうか、ここにある九つの屍体《したい》を埋葬しているひまがない。なんじがそれをしてくれ」

田横は男に銭をあたえ、紅巾を手にとると、

「従兄とわが家で発見されたというのは、たぶんこれとおなじものだろう」

と、いい、紅巾を懐中にねじこむと馬車に乗った。

東安平がみえるところまでくると、

「停めてくれ」

と、華無傷に馬車を停止させた田横は、ここまで護衛してくれた陶阪に近づいて、

「謝礼の席を設けて、ねぎらいたいが、手もとは不如意《ふによい》で、華氏にねだるのもあつかましい。狄県にぶじに帰ったら、あらためて招待したい。そのときは田吸どのときてくれるか」

と、いった。陶阪はわずかにうつむき、

「あなたさまの剣の術を拝見したことが、ねぎらいにまさります。もしもご招待してくださるなら、喜んで参じます」

と、少し固い声でいった。田横の人としての格に打たれたようである。

「田吸どのの早い回復を祈っている」

そういって陶阪とその配下に別れた田横が馬車に乗ってしばらくすすんだとき、路傍にうずくまっていた男が急に立って、

と、叫んだ。おどろいた華無傷は手綱を引いて横をみた。

「無傷――」

「田解《でんかい》ではないか」

「門内に捕吏がいる。華氏の家も見張られている」

また馬車をおりた田横はみなを集めた。

「きいての通りだ。許先生のご好意も、郡守にはとどいていない。まだわたしは郡の役人に追われる身だ。なるほど、博陽で滞在していればよかったかもしれぬが、ここまできて博陽にもどるわけにもいかぬ。しばらく山中に棲《す》むしかない」

苦渋《くじゅう》の選択である。

けっきょく全員が山にはいることになった。田解も従った。田解も監視されていたと考えるべきであり、たまたまその監視の目を盗んで田横に危急を報《しら》せることができたが、つぎはかならず蹤《つ》けられる。捕らえられて拷問《ごうもん》されるおそれがあるので、

「ついてくるのだ」

と、田横は田解に有無をいわせなかった。食料は五人で十日分しかなく、馬を養えないので解き放ち車も棄てた。が、人は砂丘や草原では生きられないが、山中では生活することができる。渓流には魚がいた。

「なるほど、山賊は三日やったら、やめられなくなる」

と、田既は豪快に笑った。

それから五日が経《た》ち、華無傷と猿歌が山をおりて邑《まち》のようすをさぐりに行った。

三日後にかれらは猛然と帰ってきて、

「狄県のおふたりは、すでに釈放され、先生をおさがしになっているようです」

と、華無傷が目を輝かしていった。田横の左右から歓声が揚がった。

——許先生の書翰《しょかん》がようやく郡守にとどいたのか。

と、田横はおもったものの、何かが腑《ふ》に落ちない。すなおに喜べない。どこかにひっかかったという感覚をおろそかにすると、ものごとの真相をみぬけないことを、季桐から学んだような気がしている。が、それはあえて口にせず、田既のほうに笑貌《しょうぼう》をむけて、

「これで山賊にならずにすんだ」

と、いった。田既は笑わなかったがほっとしたようであった。山をおりた五人はまっすぐに東安平の華氏の家に行った。なんとそこに田儋《でんたん》と田栄《でんえい》もいた。肩を抱きあった三兄弟をながめた華氏はしきりにまばたきをした。

「わたしを助け、兄上たちを助けてくれた人だ」

と、田横は華無傷、田解、田既、猿歌の四人をひきあわせた。田儋は一門の棟梁《とうりょう》らしい威と落ち着きをみせて、

「話は華氏からきいた。よく力を貸してくれた。あらためて礼をする」

と、感謝の意《おも》いをこめていい、それぞれの手を握った。田既は田儋と田横を観察するような目つきをしていたが、あとで猿歌とふたりだけになったとき、

「三兄弟が王になるというのは、ほんとうだろう。三兄弟のなかでもっとも輿望《よぼう》を集めるのは田横だ。なぜ三人が王になるのか、なぜひとりではないのか。それはわからぬが、田横が王になるのなら、わしは田横に属《つ》く」

と、低い声でいった。猿歌は田既の配下であるとさきにいったが、じつは田既が妾《しょう》に産ませた子である。そのことは家中の者は知らない。猿歌はいちども田既を父とよんだことはない。忠実な配下のふりをしている。妾が死んだので猿歌をひきとったのが五年前であり、それから猿歌をみてきたが、

――これはものになる。

と、確信に近いものをおぼえた。もう配下をあたえてもよいであろう。

「田横は田角とひと合戦するにちがいない。そのときは、わしのかわりに働け」

田既がそういうと猿歌の顔つきが変わった。

ちがう室《へや》のなかに田氏の三兄弟が集まっていた。

田儋と田栄はからだの傷あとを田横にみせた。ふたりはすさまじい拷問によく耐えたというべきであろう。ふたりが獄中にいるあいだにどのように田横が奔走したかをあらためて田横の口からきくと、

「あと数日獄中にいれば、死んでいたかもしれぬ」

と、田栄はいい、感謝の目を弟にむけた。一瞬ではあるが、田儋がわずかに横をむいた。

——おや。

と、田横は不審をおぼえた。田栄につづいて田儋がきわどく出獄したことを力をこめて語るのかとおもったのに、田栄の話からさりげなく身を引いたのはなぜなのか。人にはかならず秘密がある。善意の秘密もあれば悪意の秘密もある。幼いころから田儋をみてきた田横は、

——気どりはあるが、妄《うそ》のない人だ。

と、信頼した。その心思《しんし》の良さを疑うわけではないが、田儋には他人《ひと》にはうちあけられない変事が獄中であったのだ、と田横は推察した。

——季桐を身近に置いておきたいものだ。

この想《おも》いのさきに、季桐の容姿ではなく、小珈の心配そうな顔が浮かんだ。はやく千乗へ行って、ぶじな姿をみせてやりたい。

「役人がみつけたという巾《きれ》は、これとおなじものではないか」

田横は懐中から紅巾をとりだした。それを手にとった田儋は、

「似ているが、色が微妙にちがう。証拠としてみせられたのは、赤に華やかさがなかった。はっきりいえば、染めが悪かった」

と、その紅巾を田栄に渡した。

「わたしも、ちがうとおもう。これをつけた賊を放ったのが、田角というのか」

「田角には、間《かん》という弟がいる。そのふたりが、たれかに頼まれてやったことだろう」

「たれか、にか……」

と、田栄が腕を組んだとき、田儋が、

「いやなことを横にいわねばならない。博陽を発《た》って許負《きよふ》の筆札《ひっさつ》を運んだ兵が、臨淄に着くまえに殺されたそうだ。華氏から教えられた」

と、いった。するどく田横は目をあげた。

「華氏がなぜそんなことを知っている。許先生が兵に筆札をもたしたことを、華氏が

知るはずはない」

「華氏は自分で知ったのではなく、知らされたのだ」

と、田儋は説明した。どういうことかといえば、華氏の家に密告文が投げこまれたという。その文の内容は、許負を護衛する兵のうちひとりが筆札を託されて臨淄にもどる途中に、何者かに殺害されたこと、まもなく華氏の家が役人に監視されるようになること、田横を殺すべく賊が臨淄を出発したらしいことなどであった。

「読んだら、ただちに焚《や》いてくれるようにと書かれてあったので、その書翰は華氏の手もとにはないそうだ」

と、田栄がつけくわえた。

「そうですか。許先生のことばが郡守にとどかず、わたしも逃げまわっているだけで、なぜ急に釈放されたのですか」

田横は従兄と兄をみつめた。

「わたしもそれを知りたい」

と、田栄はいったが、田儋は無言でうなずいただけであった。しばらく三人は口をつぐんでいた。急に田儋が、

「横よ、あの人相見が許負であったことを華氏に教えられて、わしも栄も、仰天した。許負にいわれた予言を憶《おも》いだして、胸も腹もふるえた」

と、からだをかたむけた。この口調には真情がみなぎっている。

「ただし、七星を発見して、すべてを得なければ、事は成就せぬ、とも語《つ》げられました。その七星のうちの五星は、すでにわたしが捜しあてたということですが、いったいたれのことなのか、わたしはわかっていません」

「ほう……」

田儋と田栄は顔をみあわせた。

「それとは別に、わたしは臨淄ですべきことがありますが、とにかくいちど狄に帰りましょう。あっ、小珈には報せてくださいましたか」

「むろん、千乗へは報せた。それより、横が臨淄ですべきこととは何なのか、教えてくれ」

と、田儋はいい、からだのかたむきを直した。

この夜、三人は夜更《よふ》けまで語りあい、翌朝、東安平を発った。田横にはふたりの従者がいる。華無傷と田解である。田横は馬車に乗らずに歩いた。歩きながら、

「華氏にひそかに告げたのは、たぶん許章だ」

と、ふたりにいった。

狄県にもどった三兄弟は家人の出迎えをうけたが、田儋は田栄に声をかけて自宅に誘った。

「さきに帰っていよ」

と、兄にいわれた田横は田栄の妻や子の広《こう》などと話しながら帰宅した。田広はしきりにうしろを歩く華無傷と田解をながめて、

「あのふたりは叔父上の剣術の弟子ですか」

と、勘のよいことをいった。田広は強い者にあこがれる年齢にあり、田横の剣の強さはあこがれの的であった。

「よくわかったな。あのふたりはこれから悪者を退治せねばならぬ」

「悪者はどこにいるのですか」

「さしあたり臨淄にいる。だが、広よ、それは目にみえる悪者で恐れるに足りぬ。恐れねばならぬ悪者は、目にみえぬところにいて、目にみえぬ悪事を働く。それをみぬく目をもつにはどうしたらよいか、わかるか」

「わかりませぬ。剣術が強くなれば、わかるのですか」

「それは、どうかな。たしかに心で相手を視《み》なければ、相手の術に負ける。ほんとう

の剣の使い手は、術を超えたところにある。だが、剣術はかならず相手がいるもので、相手がいなければその術は使えぬ。したがって、人やものごとの善悪をみぬくには、術ではなく、道をきわめねばならない」

「老子《ろうし》曰《いわ》く、道の道とす可《べ》きは、常の道に非《あら》ず」

「そうだ。欲望にとらわれない者だけが妙《みょう》を観《み》る。とらわれた者がみるのは徼《きょう》にすぎぬ。老子の教えはほんとうの道を示し、孔子は狭い人の倫《みち》しか示しておらぬ。ゆえに儒教の教義にあるのは徼だ」

徼という老子哲学の用語は、形而下《けいじか》の現象と結果という意味をもつ。かつて斉の国都であった臨淄は、諸子百家の淵藪《えんそう》であった。そのなかでも老荘思想が主流で、斉王室もその思想を享受《きょうじゅ》した。老荘思想は道教《どうきょう》ともよばれることになるが、田氏は儒教を好まず老荘思想を好んだので、学問の嫌いな田横でも老子のことばは諳誦《あんしょう》することができる。

さて、帰宅してわかったことは、僕婢《ぼくひ》の半分が逃げたということである。主人が有罪となると連座が適用されるので家人まで罰せられる。処罰を恐れる僕婢は田栄が逮捕されるや、逃げ散った。それゆえ長屋にかなりの空《あ》き部屋ができた。

「陋屋《ろうおく》だが、ゆったりと使ってくれ」

田横は翌日からふたりを鍛えることにした。

夕方に帰宅した田栄は、従兄の田儋と何を話しあってきたのかを弟の田横に語げなかった。ただし夕食後に、

「先日の赭巾《しゃきん》の賊や博陽にあらわれたという朱巾《しゅきん》の賊のように、盗賊が増えるばかりだ。郡の役人と兵はそれらの賊に手を焼いているだけで、いっこうに鎮圧しない。狄の田氏は上に頼らずに、自衛しようということになった。明日、従兄の家から十人がくる。わが家でも十人を選んで、剣術を習わせよう。なんじは家事をやらなくてよい。短い間に、かれらをひとかどの剣士にしてくれ」

と、いった。田儋と田栄は私兵を養成しはじめたということであるが、おもてむきは自家の警備員の増強である。

翌日、華無傷と田解をくわえた二十二人が集合したとき、田横はむずかしいことをいわずに、

「人より速く、人より強く撃てば、かならず勝てる。これは軍旅もおなじだ。そのためには何をすればよいかは、自分で考えよ。要するに、自分を敵と想い、どうすれば勝てるか、と考えれば、どうすれば負けないかわかる」

と、教えたあと、全員に木剣をあたえて、順番に撃ちこませた。木剣がいちども撃

ち合う音を立てず、二十二人がわずかなあいだに地にたたきつけられた。

「ひとりずつ立ち向かうからそうなる。が、軍では五人が最小の集団を形成する。みなは伍長《ごちょう》にならねばならぬ。そのための剣だ。配下の四人を死なせぬ剣を工夫しなければならぬということだ」

田横が呼吸を乱さずにそういったとき、全員が田横をみるのに神を仰ぐような目つきをした。神妙《しんみょう》を目《ま》のあたりにしたという意《おも》いであったろう。

この家は広大な田圃《でんぼ》をもっている。その一角に牆《かきね》をめぐらした修練場を田栄は造り、長屋を付属させて、田横の弟子をそちらに移した。初秋を迎えたとき、田栄は田横とふたりだけになり、

「今秋、小珈と婚儀のはずであったが、千乗から断りがきた。小珈の意志ではない。小珈を怨《うら》んではならぬ。千乗の家も、従兄も、わたしも、この婚儀を祝うつもりであった。が、事情がそれを赦《ゆる》してくれなかった。もっとも大きな哀しみをもってそれを知ったのは、小珈であろう」

と、つらそうに語げた。

田横の心底が冷《ひ》えた。いきなり怒りを通りすぎた感じであった。兄の目が暗い。その目に怒りをぶつけることができないとわかったからである。

「明日、臨淄へゆく」

と、田横はつぶやくようにいった。兄は黙ってうなずいた。

この夜、田横は眠れなかった。婚姻を潰《つぶ》した事情は、田儋の家に生じたような気がするが、田儋と田栄がそれぞれの胸に斂《おさ》めてけっして口外することはあるまい。兄の田栄はみかけはおだやかであるが、気の長いほうではなく、姑息《こそく》なことを好まず、弟おもいである。弟の幸福のためであれば、困難に尻《しり》ごみする性質ではないが、その事情に折れたとすると、よほどの事情である。

――さきの冤罪《えんざい》と釈放にかかわりがある。

翌朝、寝不足の田横は冴《さ》えぬ顔色で兄のまえにすわり、銭をうけとった。旅費である。

「赭巾を家のなかに置いた者を捕らえれば、われわれをおとしいれた者がわかる。逃げた僕婢のなかにいるはずだ」

と、田横は目をすえていった。

「赭巾が置かれていたのは、従兄の家だ。むろん従兄はしらべている。が、まだ犯人はわからぬ」

「その犯人は、首謀者ではない。首謀者がわかったら教えてくれ。わたしが斬《き》る」

「なんじだけには斬らせぬ。わたしはなんじほど剣術に長じてはおらぬが、悪人を斬る力はある。それより、田角のほうから何かわかるのではないか」

「狼か狐かわからぬが、尾をつかんでみたい」

そういった田横は剣術の弟子を五人従えて臨淄へ行った。その五人のなかに華無傷と田解がいる。田解は顔も軀《からだ》もまるい感じのする青年であるが、膂力《りょりょく》は華無傷にまさるので、剣ではなく大刀を振らせてみた。その大刀で風に揺れる蜘蛛《くも》の糸を斬らせた。

「もっと速く、もっと強く――」

ほかの弟子にもおなじことをいい、身体を強靭《きょうじん》にさせ敏捷《びんしょう》さをつけさせた。剣を静《せい》から動《どう》へ移すのは達人のみがなしうることなので、動から動へ、という剣術を教えた。静止する構えをとらせず、つねに動き、相手をその動きにひきこむというものである。

「自身の動きで、視界が揺れては、斬られるぞ。動きのなかに静を失わぬように工夫せよ」

田横の弟子は血へどを吐くほど練習した。

臨淄へつれて行ったのは弟子のなかの精鋭である。ただしかれらには剣をあたえず、木剣をつかわせるようにした。

田横は田解に先導させて、田光《でんこう》という学者が仮寓《かぐう》している家に行った。田光は僕婢の住むような矮屋《わいおく》に独りでいた。五十代とみえたが、風姿に老いも疲れもなく、威厳があり、学者らしくない精悍《せいかん》さをあわせもっていた。

田解をみた田光はわずかに笑《え》んだが、うしろにならんでいる五人の男が気にならしく、目で問うた。

「こちらは狄県の田横どのです」

と、いった田解はすこししりぞいて田横をまえにだした。

「はじめてお目にかかります。生来のものずきでして、あなたとあなたを慕う子弟のために、教場を再開させたいとおもい、おしかけた。ご迷惑なら、このまま帰ります」

そういった田横を強く凝視していた田光は、

「狄の田氏……、湣王の曾孫《そうそん》か……」

と、低いがよく通る声でいった。

「いかにも――」

「わが祖父は、湣王に仕え、楽毅《がっき》に敗《やぶ》れた。達子《たつし》将軍とともに戦った者です」

達子は往時の斉の良将である。

「曾祖父にかわってあなたに詫《わ》びと礼を申さねばならない。斉人《せいひと》を坎坷《かんか》に落としたのは、曾祖父です」

「戦って敗れたのだから、あなたが頭をさげることはない。戦わずに滅亡した王よりましです」

戦わずに滅亡した王とは、王建《おうけん》のことである。斉の最後の王である王建は湣王の孫であり、宰相の后勝《こうしょう》の勧めに従って、進撃してきた秦軍に全面降伏した。自身は捕らえられて、共《きょう》の城に幽閉された。九年前のことである。王建の在位は四十四年と長く、共城に幽閉されたあと、気落ちしてまもなく死んだとうわさされる。

「これは愉《うれ》しいことばをきいた。あなたは田角兄弟とぞんぶんに戦っていないのに、零落《れいらく》したようにみえる。戦うのでしたら、ご助力する」

「はは、田解にそそのかされましたな」

田光は儒家《じゅか》にはみえない。儒家はゆったりとした衣服を着ているが、田光は農民が着るような粗衣の姿である。

「わたしにそそのかされてみませんか。あなたの弟子は、教場がひらくのを待っているのです」

この学者は法家《ほうか》といってよいが、その教学の根底には老荘思想がある。たとえば戦国時代の大儒である孟子《もうし》は、

——春秋に義戦《ぎせん》無し。

と、語ったように、孔子が著した『春秋《しゅんじゅう》』という歴史書のなかにひとつも義《ただ》しい戦いはなかったというのが儒者の共通する思想であり、要するに戦うことが悪であった。儒教は武術や兵略に関心をしめさず、それに長じた者を蔑視《べっし》した。したがって儒教を学んだ者から兵法家は出現せず、唯一《ゆいいつ》の例外は呉子《ごし》である。戦いにはひとつとしておなじ戦いはないと説く孫子《そんし》の兵法は、道の道とす可《べ》きは常の道に非《あら》ず、という老子の思想とかよいあうものがある。この老子の思想には支配をうける民衆こそがほんとうは主権者であるというひそかな主張をもち、民衆を守るための法という発想を胚《はい》胎《たい》していた。その法を支配者のための法に移しかえたのが商鞅《しょうおう》であり韓非子《かんぴし》でもあり、秦王朝の法治思想もそれであるが、法とはもともと民衆のためにあり支配者のためにあるものではないことは忘れられた。

が、田光は正しい法のありかたを説こうとしていた。

「田角兄弟のうしろには官があるかもしれず、それと戦うと、死ぬまで賊にされる。わたしは妻子をもたず、野《や》の餓莩《がひょう》となってもかまわぬが、あなたはそういうわけにはいくまい」

と、田横をおもいやるようにいったものの、目には強い光がよみがえっている。

「妻子がないのはおなじです。生《しょう》じて有《ゆう》せず、為《な》して恃《たの》まず。わたしは世俗に欲望をもってはいない」

「さすがに斉王の曾孫だ。教場をひらくことにします。この家を貸してくれた外兄《がいけい》にことわってくる」

そういった田光は、この日のうちに、教場に移った。翌日からは田横以下五人が学生となった。田解は教場が再開されたことを学友に語《つ》げ、夕方、田横は許章の家へ行った。入り口が厳重に閉じられている。

「狄の田横です。お話があってきた」

と、大きな声でいい、戸をたたいた。反応がないので、あきらめて踵《きびす》をかえしたとき、戸があいた。

「どうぞ」

顔をみせた許章は生気のとぼしい声でいった。

家のなかは幽《くら》く、ひっそりとしているので、

「奥方はどうなさった」

と、田横はきいた。

「妻も子も、実家へやった」

「それは――」

「わたしは狙《ねら》われている。殺されるかもしれぬ」

と、許章はおもいがけないことをいった。そのことばが田横の胸のなかにとどいた。

「華氏へ密《ひそ》かに伝言したのは、あなただろう。それを知られたのか」

「それもある」

と、許章は苦しげにいった。

「それも、とは」

田横はさぐるように許章の目をみた。許章はすぐには答えず、ため息をついた。やがて、

「官吏《かんり》として、わたしはよけいなことをした。官吏はおのれの仕事だけを守り、わきみをせず、寡黙《かもく》であれば、無難に致仕《ちし》の年を迎えられる」

と、やるせなさそうにいった。

「あなたのいうよけいなこととは、不正を憎むこと、正義をおこなうことでしょう。それを奨励《しょうれい》するのが王朝でなくてはならないのに、よけいなことにする王朝こそ、よけいではありませんか」

「田横どの、いまの王朝は、王朝を誹謗《ひぼう》する者を宥《ゆる》すほど寛容力は大きくない。古昔《こせき》、

鄭《てい》の子産《しさん》は、為政者が民衆の口をふさげば、不満がたまりにたまって、いかなる巨大な塘《つつみ》をも決壊させる洪水のごとくになる、といい、政府への批判を許した。執政《しっせい》である子産自身も非難を浴びつづけたが、治世《ちせい》を実現した。いまの皇帝も丞相《じょうしょう》も、それを知らぬ。ゆえに官民は上を批判してはならぬのです」

それをきいた田横は声を立てて笑った。

「わたしよりあなたのほうが、手厳しい批判者だ」

許章は憮《む》としたが、じわじわと目に笑いが浮かんできた。それをみた田横は許章の意中にある不満と悩みに想到《そうとう》し、

「そのよけいなこと、というのを話してくださらぬか。あなたが狙われているのなら、わたしはあなたを助けたい」

と、やわらかくいった。そういわれた許章はこみあげるものをおぼえたらしく、わずかに唇をふるわせたあと、

「ひとつの疑念が、そうさせたのです」

と、胸のなかに斂《おさ》めてあったことをとりだした。

疑念が生じたのは、狄県の令《れい》が田儋と田栄、それに田横が、秦兵を殺した赭巾の賊に通じている疑いがあるため、田儋と田栄を逮捕したが、田横が逃走中であるため郡

内に手配をしてもらいたいという要請を郡府にしたあとである。そのまえに田横から事情を聴取し、報告書を上官に提出しおえていた許章は、

——その疑いはすぐに晴れるだろう。

と、軽く考えていた。ところが田横をすみやかに逮捕すべし、という命令はとり消されなかった。必死の田横に許負のゆくさきを教えたあと、おもいきって上官に、

「あの報告書を読んでいただけましたか」

と、問うた。が、上官はまともに許章の顔をみないで、

「何の報告書か。それより東安平に狄の田氏にゆかりのある者がいるらしい。調べよ」

と、いった。東安平の戸籍をあたっているうちに、

「華氏という者がいないか」

と、訊《き》かれた。東安平に華氏はいる。

「狄の田氏の臣下すじの家らしい」

同僚はそうささやいた。やがて許負の護衛にあたっていた兵が到着したのだが、博陽から先発した兵が殺され、許負先生の郡守あての筆札がみあたらぬ、と報告した。その兵は許負から何もきかされておらず、筆札をぶじに郡守にとどけるために助力す

るようにいいつけられただけであった。

——田横はそのことを知るまい。

と、おもった許章は、一日郡府の勤務を休み、東安平の華氏の家に書翰を投げこんだ。その日に帰宅した許章は、おそらく郡守は何も知らないとおもい、申報《しんぽう》の文を書いた。書き終えたあとそら恐ろしくなり、一日、二日と家のなかに置いたままにしておいたが、ついに郡守の私邸にそれを投げいれた。田儋と田栄が釈放されたのは、その翌々日である。

「それで、すべてが、わかった。われわれを救ってくれたのは、あなたであった」

田横は感激して目を赤くした。

「しかし、郡守に目かくしをしていた者は、わたしを消すだろう。今後のためにも、わたしのような役人がいては不都合なのだ」

「いのちの恩人を殺させては、狄の田氏の名がすたる。明日、長期休暇を願いでて、田光先生の教場へ移られるとよい。おもしろいものをおみせしよう」

翌日、親戚《しんせき》に喪《も》があると届けでて休暇をゆるされた許章につきそって田光の教場まで行った田横は、独りで田既の家にゆき、礼物をさしだして感謝した。礼物をうけとることを固辞した田既に、

「これは従兄とわが兄から託された物だ。うけとってもらわぬと、わたしは狄へ帰れぬ。うけてもらわねばならぬことは、ほかにもある。冬になるまえに、あなたや華氏、それに博陽の田吸どのなどを招待したいとのことだ。これが誼《よしみ》の手はじめだとおもってもらいたい」

と、田横はねんごろにいった。田横の器量に惹《ひ》かれている田既は、

「そうまでいわれては――」

と、礼物をうけとり、

「田光先生の件はどうなりましたか」

と、問うた。やわらかく笑った田横は、

「わが兄たちをひそかに救ってくれた許章という役人を、田光先生の教場にかくまった。その役人を殺したい者が郡府の高官のなかにいて、わたしと許章を蹤《つ》けさせたので、いまごろ許章の所在を知り、田光先生を脅迫していた者たちをつかって、今夜か明晩、襲撃させるだろう」

と、こともなげにいった。

「そういうことになりましたか。応援のために当方から人数をだしましょう。猿歌に指図をさせます」

「見物のつもりでくるといい。人数は五人以下にしてもらいたい。あとで牛車を借りることになろう」

田光の教場の位置をおしえた田横は、外にでた。澄んだ秋の天をみると、奇妙に小珈が恋しくなった。これから小珈はどのように生きてゆくのか。その問いは、自分にむけるべきであったとおもうと、虚《むな》しさが胸にひろがった。

田光の教場にいる者たちは、感傷の対極にいる表情をしている。

教場の隣に田光が起居する小さな家があるが、

「そこを襲われますと、禦《ふせ》ぎようがないので、教場で夜をすごしてください」

と、田横は田光と客の許章にいった。許章は事情を呑《の》みこんだ顔つきをしている。それにこういう状況にありながら微《かす》かではあるが愉《たの》しそうなのは、学問が好きであるので、田光と語りあううちに恐怖を忘れはじめたということであろう。夕方、猿歌が四人の配下を率いてきた。

――賊は二十人ほどであろう。

と、田横はおもっているが、甘い観測はしないことにした。田角と田間はいちど田横を襲わせて失敗している。許章を守っているのが田横であると知れば、襲撃のための人数をふやすであろう。

「不意を衝《つ》かれないために、屋根の上に見張りを置く」

と、いった田横は、ふたりを屋根の上にあげ、深夜に交替させた。第一夜はなにごともなかったが、第二夜に鈴の音がきこえた。屋根の上からの警報である。

――きたな。

跳ね起きた田横は、木剣をつかんで立った者たちに、

「陣をつくれ」

と、いい、板でつくった楯をならべさせた。その楯は大きいものであるが薄くて軽い。それらがならべられると、迷路ができる。ほどなく低い牆《かきね》を越えた賊が庭を炬火《きよか》で明るくし、室内に突入してきた。が、いきなり楯にぶつかった。うしろの数人が足をとめたとき、左右から木剣が突きだされた。賊は混乱しつつも室内になだれこんだ。楯が倒れる音、撃ち合う音、賊の足音などを闇のなかできいていた田横は、

――敵は三十人よりも多い。

と、感じた。家を包囲している人数をくわえれば四十人はいるであろう。室内に炬火が投げこまれた。そのとき田横の眼前にふたりの賊がいた。あっというまにふたりを斃《たお》した田横は、右から突進してきた長柄《ながえ》の武器をたたき折るや、賊の足を撃って転倒させた。つぎつぎに炬火が投げこまれている。

──われわれを焼き殺すつもりだな。

そうおもった田横は華無傷と田解にむかって、

「先生と許氏を衛《まも》って庭にでよ」

と、いい、自身は乱闘にくわわって、つぎつぎに賊を倒した。猿歌が暴れまわっている。

「敵は多い。力をつかいはたすと殺《や》られるぞ」

と、すこしやすませるように猿歌のまえに立ち、襲ってくる賊をたたきのめした。

煙が室内に充満しはじめたので、

「賊を押しだせ」

と、号令した田横は先頭に立って家の外にでたとたん、矢をうけた。木剣に矢が刺さるというめずらしい光景をあたりの者はみた。

神奇《しんき》、とは、それであろう。

ぞっとした賊は腰がくだけたように退いた。

火の粉が飛んできた。教場の隣の家が火をふいている。教場の入り口と窓からは煙がでている。むろん屋根の上に人影はなく、かれらは庭にいた数人の不意を衝いたあと、田光と許章の護衛にくわわった。

「火を消せ」

と、怒鳴った田横は、猿歌をみつけると、

「牛車を借りてきてくれ」

と、いい、さらに華無傷と田解には、

「賊をしばりあげよ」

と、指示をあたえ、みずから井戸の水を汲《く》みあげた。近隣の住人が集まってきて消火を手伝ってくれた。家のなかからはいだしてきた数人をみた人々は、悲鳴をあげたが、田横は平然としたもので、

「これらが火をつけたのです」

と、おしえて、弟子にかれらをとりおさえさせた。

東の天が白くなった。

口と手と足をしばった賊を牛車に積んだ田横は、

「おかげで教場は半焼ですみました」

と、消火に協力してくれた人々に頭をさげた。ただし田光の住まいは全焼した。それをうつろにながめている田光と許章に近づいた田横は、

「教場とお住まいは、わたしが再建します。それまで狄のわが家へお越しください」

と、鄭重《ていちょう》にいった。まもなく役人がくるであろうとおもった田横は弟子と牛車をいそがせて臨淄の外にでると、

「木に架《か》けよ」

と、賊を指した。路傍には三丈（六・七五メートル）をへだてて松の木が植えられている。松並木がどこまでもつづいている。その木に賊をひとりずつ吊《つ》るしたあと、さいごのひとりに紅巾《こうきん》をつけて、

「赭巾の賊は田角と田間の配下なり。騎兵を殺し、臨淄に放火す」

と、書いた木の札を松の枝から垂らした。それを読んだ弟子は哄笑《こうしょう》した。

「これで、田角兄弟は臨淄におられまい」

と、いった田横はふたりの客をともなって帰途についた。日が昇ると松並木の道を通行する人がふえて、すぐに臨淄のなかにうわさがひろまり、見物人が松並木におしかけた。やがて役人がそこに急行した。


この日の夕方、田角と田間は臨淄から消えた。かれらを頤使《いし》していた人物が属吏から臨淄でのうわさをきき、

——しくじったのか、阿呆め。

と、恚忿《いふん》したあと、田角と田間のとりしらべをさまたげにくいことと、かれらがよけいなことを喋《しゃべ》ることを恐れたので、家令をつかわして、ふたりに逃亡するようになかば強制的に勧めた。

その翌日に、田横は済水を渡る舟に乗っていた。許章の表情があいかわらず暗いので、

「すこし、やりすぎたかな」

と、田横は反省するようにいった。許章が郡府にもどりにくくなったかもしれないと考えたのである。そういわれて許章は自分の沈憂《ちんゆう》を気づかってくれた田横に感謝の目をむけた。

門地がないとはいえ人一倍学問をしたかれは、自身が通顕《つうけん》となる未来を描いて役人となったのであるが、酷吏《こくり》となって優秀さを示すことで昇進しつづけてゆくという気概《がい》が不足していることに気づいて、自分に失望した。自分は皇帝のための役人であり、人民のための役人ではないという事実が、勤務に充実感をあたえなかった。秦の法は、人の粗捜《あらさが》しをうながしているにすぎず、わずかな非違《ひい》をみつけて訴えれば褒美をもらえるというので、知人や友人を平気で売る者がふえ、しかも政府はそういう者を賞している。成年になるまえに許章は、政府から嫌悪《けんお》されている儒学《じゅがく》を学んだことがある。

たとえば、

——国を足《た》らしめるの道は、用《よう》を節《せつ》して民を裕《ゆた》かにし、而《しこう》して善《よ》くその余《あま》りを蔵《ぞう》することなり。

と、教えられた。国はむだな出費をおさえ、民を豊かにし、民の余財を国が蔵《おさ》めればよい。国を富ます方法はそれが正しいと許章は確信した。ところがいまの王朝はどうであろうか。人民を富裕《ふゆう》にすることなどはつゆほども想《おも》わない始皇帝は、渭水《いすい》の南岸に阿房宮《あぼうきゆう》という宮殿を造営した。その宮殿の東西の長さは五百歩（六七五メートル）で、南北は五十丈（一一二・五メートル）であり、二階建てで、階上には万人を坐らせることができるという。その造営に従事したのは囚人である。その数は七十万である。犯罪者の多さにおどろくべきであろう。大半は、秦の法でなければ、無罪の人といってよい。許章は役人としてやりきれない。

「田横どの、敵がほんとうに殺したかったのは、わたしであったのか、あなたであったのか」

と、許章は田横の目をみながらいった。

「両方でしょう」

「そうでしょうか。敵はわたしのような下級役人を本気で殺そうとしたのか。本気で殺すつもりなら、あなたがくるまえ、殺す機会はいくつもあった。敵はわたしを恫《おど》すだけでよかった。が、あなたがあらわれたので、いそいで刺客を集めた。あなたの存在が、敵の脅威となっているからです」

そういわれた田横は鼻で哂《わら》った。

「わたしには、はっきりいって、何の力もない。多少、家は富んでいるが、郡府の高官に圧力をかけるほどの大家ではない。放っておいても、むこうには害はない」

許章はまなざしを川面にむけた。

「いや、許負先生を知っていることが、敵にとって有害なのです。あなたが許負先生を追って咸陽《かんよう》まで行ったなら、臨淄では投獄される高官がでたはずです。許負先生は皇太子のお招きで咸陽へ行ったのです。臨淄でこういうことがあったと許負先生が皇太子に語《つ》げれば、守、尉、監の三人はただではすまない」

川面を風が渡ってゆく。小さな波が立った。

「郡守は悪人ではないでしょう。尉と監が怪しい。とくに監がくさい」

と、田横はいった。

「わたしもそうおもいます。許負先生を護衛した兵は郡尉の配下です。郡尉が悪事をおこなっているのなら、もどってきた兵から許負先生の筆札《ひっさつ》をうけとって、にぎりつぶしてしまえばよく、殺すまでもない」

「わたしもそこまでは考えた。が、解《げ》せぬこともある。われわれ兄弟は、郡監に憎まれるようなことをやってはおらぬ。さきの誤った逮捕は、郡監の指示でおこなわれたとはおもわれない。だいいち郡監とは、庶民を監視するのではなく、郡内の県令などを監視し、不正を摘発するためにあるのだろう」

「そうです」

「郡監が庶民をむごく扱ったことがあるのか」

「それは、きいたことがないのです。ただし、郡監は私腹を肥やしているといううわさがあります」


ふたりがこういう話をしているうちに、舟は対岸に着いた。

さて、ここで、咸陽へむかった許負について述べておかねばなるまい。なぜなら許負の予見は、皇太子である扶蘇《ふそ》の運命と田横のそれとを幽かではあるが結びつけることになるからである。

扶蘇は始皇帝の長子であり、しかも嫡子である。次代の皇帝である扶蘇は三十歳をすぎた。この年に、皇太子妃が三夜つづけておなじ悪夢をみた。皇太子が乗っている舟が転覆して皇太子が溺《おぼ》れ死ぬというものである。妃の顔色があまりに悪いので、扶

蘇は、

「どうしたのか」

と、問うた。妃はついに不安げにうちあけた。ゆるやかに笑った扶蘇は、

「それほど心配するなら、渭水と河水《かすい》の神に犠牲をささげて、わたしが乗る舟が転覆しないように祈らせよう」

と、いった。このとき妃は、

「父は許負という人相見を知っております。許負を招いてはいけないでしょうか」

と、いってみた。妃は胸騒ぎが熄《や》まない。

「許負か。天下第一の人相見であるときく。会ってみよう」

と、扶蘇は興味をもって宥《ゆる》した。このころ許負は河東郡《かとう》の安邑《あんゆう》に住んでいたが、扶蘇の使者が訪ねたとき、許負は不在であった。旅行中ということであるので、その使者は臨淄の郡守に皇太子と妃のことばをつたえ、許負が臨淄に立ち寄ったら咸陽まで送りとどけるようにといった。そのとき郡守は、

「許負先生の旅行先にこころあたりがあります」

と、いい、許負の親戚《しんせき》が住んでいる北方の広陽《こうよう》郡に特別な使者を立てる許可を使者から得た。許負は皇帝の招きでも拒絶する狷介《けんかい》な人であるから、旧知の郡守が依頼の

使者を送ったほうがよいということになったのである。

許負はこの招きを断らなかった。

かれにとっての事件とは、赭巾《しゃきん》の賊に襲われたことではなく、田儋、田栄、田横の三人に会ったということであった。

——あの三人は、まちがいなく、王になる。

予言した本人が衝撃をうけた。秦帝国が存続するかぎり、帝国内に王国は生まれようがない。すると、これからどうなるのか。

咸陽の宮殿は天文を象《かたど》って配置されている。星の宮殿といってよい。扶蘇に謁見《えっけん》した許負は、愕然《がくぜん》とした。

——この人は皇帝になれない。

時代が変わるのだ、と許負は全身で感じた。

皇太子のかたわらに妃がいる。かつて臨淄の郡守が河東郡の役人であったとき、その女《むすめ》を観《み》た許負は、

「皇太子の夫人となりましょう」

と、予言した。役人は飛びあがらんばかりに喜んだ。が、許負は皇帝の后《きさき》になりましょうといったわけではない。ひさしぶりに妃をみて、

——皇后には、なれない。

と、確信した。無言のままでいる許負にねぎらいのことばをかけた皇太子の扶蘇は、

「わたしを観てくれぬか」

と、いった。が、許負は辞退するように、

「皇帝と皇太子は至尊であり、いわゆる人相をもたぬかたです。その運命は国の運命とひとしく、わたしは国の運命を占う者ではありません」

と、固い声でいった。

「なるほど、人は観るが、国は観ない。だが、人のいない国はなく、人を観ることと国を観ることにどれほどのちがいがあろうか。凶《わる》い夢の話をきいてくれたとおもうが、それについて、先生の意見をききたい」

許負はうつむいた。

「旅行の途中で、ある者にこういわれました。占う者は、人の不幸を予言せぬのが礼儀である、と。国の不幸についても、おなじでしょう」

皇太子妃は不安げに眉をひそめた。

「国の不幸とは、皇帝とわたしの不幸である。その不幸は避けることができるのか、できないのか」

扶蘇の声がするどくなった。

「では、その不幸の内容を教えてほしい。また、どうすれば回避できるのか、ということも——」

「妖孽《ようげつ》はことごとく回避できます」

「皇太子……、お教えしたことを、実行なさらぬのなら、その問いはお斂《おさ》めください。かえってご不快になるだけです。また、わたしが申し上げたことが皇帝のお耳に達すれば、わたしは身を滅ぼすことになります。なにとぞ、ご高察のほどを——」

許負がそういい終わるや、扶蘇は左右の側近と妃に、

「先生とふたりだけになりたい。さがっておれ」

と、いい、人払いをした。

まもなく広い室内にふたつの影だけが対座した。

「さて、先生、ここには天神と地神をのぞいてふたりしかいない。国の不幸は、皇帝とわが躬《み》の不幸であり、民の不幸でもある」

「仰《おお》せの通りです」

扶蘇という皇太子には始皇帝にはない仁徳《じんとく》があるようである。始皇帝であれば、民のことを黔首《けんしゅ》とよぶ。始皇帝のまえで首をあげる民はおらず、始皇帝の目には頭髪の

黔《くろ》しか映らないからである。扶蘇は許負の予言を全身でうけとめようとしている。その気構えから誠懇《せいこん》が感じられた。

「では、愚見を申し上げます」

「ふむ……」

「夫人がごらんになった夢を、夢の容貌として観れば、その容貌と国の命運とは一致します。すなわち、くつがえった舟とはご皇室と朝廷のことです」

扶蘇はさほどおどろかなかった。

「皇帝とわたしは滅ぶ、ということか」

「舟にお乗りになっていたのは、皇太子だけである、とうかがいました」

「皇帝がごぶじであれば、不幸中の幸いというものである。わたしが舟をくつがえすのか、舟がくつがえるのが先であるのか」

「おなじことでございます。夢にあらわれる大水や激流は、改革を意味しております。すなわち大衆の力が水なのです」

「民に攻められて、滅ぶ……」

首をかしげた扶蘇は、愁眉《しゅうび》をかくさず、しばらく考えていたが、

「皇帝に仕えていた盧生《ろせい》という者が三年前に不吉な予言をはこんできた。秦を滅ぼす

者は胡《こ》である、という鬼神の予告である。胡は北方の族のことであるから、皇帝は将軍の蒙恬《もうてん》に命じて胡を撃った。わたしは胡がわが秦を滅亡させるとはとても信じられなかったし、いまでも信じておらぬ。盧生は先日逃亡し、震怒《しんど》なさった皇帝は、諸生《しょせい》を阬殺《こうさつ》なさった。それについて先生はどうおもわれる」

と、問うた。

「皇太子は鬼神を信仰なさっていますか」

「わたしは天帝と祖先を敬っているが、鬼神を信じておらぬ」

「では、その予告は皇太子のまえでは消滅しましょう。およそ妖孽は徳の高い人のまえにはあらわれないのです」

許負の声は大きくはないが強さをもっていた。

「高徳に妖孽なし、か。なるほど、悪夢におびえるわたしは、高徳ではない」

慍色《うんしょく》をみせることなく微《かす》かに笑った扶蘇は、妃を気づかうようないいかたをした。

――惜しい。

と、許負は扶蘇に好感をもった。この皇太子が皇帝になれば、非情な法は血がかよったものとなり、民はおびえずにすみ、全土の民は皇帝にむかって万歳をとなえるであろう。だがいまのままでは扶蘇は皇帝になれないと許負にはわかる。始皇帝の驕慢《きょうまん》と人民の不満に圧殺されてしまう。古昔、殷《いん》の高宗武丁《こうそうぶてい》王は王都をでて放浪し、帰ってきて即位すると殷の国力を最大にしたが、扶蘇も咸陽からでて浩然《こうぜん》の気をやしなったほうがよい。

「さしでがましいことを申すようですが、民を喜ばせば、舟をくつがえす怨嗟《えんさ》の波はおさまりましょう。夫人の夢は意味を失います。そのように、天子がご恭容《きょうよう》をしめせば、不吉な兆《きざ》しはことごとく消え去ります。人はおのれの努力で、悪運を幸運に変える力があるのです」

「先生のご教訓を、すぐにも活《い》かすであろう」

扶蘇は一日許負をもてなし、莫大《ばくだい》な礼物をさずけ、百人の護衛兵をつけて安邑へ帰した。それからすぐに始皇帝に謁見しようとした。

このころ始皇帝は自身のことを、

「朕《ちん》」

とはいわず、

「真人《しんじん》」

と、称していた。真人とは、水にはいっても濡《ぬ》れず、火にはいっても焼けず、雲気を陵《しの》ぎ、天地とともに長久である人をいう。むろん始皇帝はほんとうの真人にはなっ

ておらず、真人になるために、

――願わくば、上《しょう》の居《い》る所の宮を、人をして知らしむることなかれ。

と、盧生にいわれたので、咸陽近隣にある二百七十の宮殿と楼観を複道《ふくどう》（上下二重の道路）や甬道《ようどう》（両側に牆《かきね》を建てて外からみえない道路）でつなぎ、

「行幸する所、居る処《ところ》をいう者があれば、死罪にする」

と、厳命して、つねに移動している。その禁忌《きんき》にふれて、多くの者が殺されている。皇太子でも始皇帝がどこにいるのかわからず、人をつかってさがすと、死者がでるので、自身で一昼夜さがしまわり、翌日、ようやく拝謁することができたのである。

始皇帝は不快そのものの表情をしている。つねに始皇帝は清められた宮室にいるのだが、清められていない宮室からきた者に穢《けが》されるとおもっている。たとえ自分の子でも、邪気を感じれば、会いたくない。それゆえ始皇帝は扶蘇を近づけず、吐く息がとどかぬ遠くにすわらせた。

「惶《おそ》れながら、申し上げます」

扶蘇には勇気がある。始皇帝へはたれもいうことができない諫言《かんげん》を呈したのである。

「天下は定まったばかりで、遠方の黔首はいまだ安寧《あんねい》を得ておりません。学者たちはみな孔子《こうし》の教えを誦《とな》え法《のり》としております。いま上は法《ほう》を重くしてかれらを縄《ただ》そうとな

さっておられますが、わたしは天下が乱れることを恐れます。なにとぞご明察くださいますように」

昨年、始皇帝は『詩《し》』と『書《しょ》』と百家の書物を焚《や》くように命じ、今年、学者を生埋めにした。儒教は周《しゅう》の文《ぶん》王と武《ぶ》王の政治を理想とするので、仁《じん》（身内への愛情）と義（他人への愛情）を思想の中心にすえて、仁義による政治を説くことが、法で人民をおさえつけている秦の政体を間接的に批判することになる。始皇帝はいまの政体をわずかでも批判することを赦《ゆる》さない。ゆえに、

「焚書坑儒《ふんしょこうじゅ》」

をおこなって、政府批判の根を断とうとした。ところが皇太子は学者を弾圧するなという。弾圧すると天下が乱れるという。

——愚見もいいかげんにせよ。

始皇帝は慍怒《うんど》した。手を揚げ、扶蘇を指して、

「なんじはただちに上郡へゆき、蒙恬の軍を監督せよ」

と、怒りにまかせて命じた。歴史的に観れば、この命令が秦王朝を隕墜《いんつい》させたのである。

「仰せのごとくに——」

扶蘇は顔色を変えずに退出し、旅装に着替えた。皇太子妃は蒼白《そうはく》となり、側近は狼狽《ろうばい》した。が、扶蘇はまったくあわてず、妃にむかって、上郡は北方の郡であるが地の果てという遠さではない、皇帝のお怒りがとければ還《かえ》ってくる、そなたまでゆくことはない、といいきかせた。

けっきょく扶蘇は百人ほどの従者とともに咸陽を出発して、蒙恬将軍のもとへむかった。それを皇太子の貶流《へんりゅう》とみた天下の人々は、皇太子に恵沢《けいたく》を期待していただけに、いっせいに失望した。

ところで、咸陽をでた皇太子の行列は、郊《こう》にさしかかったとき、数人の覆面の人物をみとがめて停止した。皇太子の左右の臣が趨《はし》り、覆面をとった人物をみておどろき、いそいで扶蘇に報告した。

「左丞相《さじょうしょう》がお見送りのために、お待ちになっておられます」

丞相とはかつての正卿《せいけい》のことで、首相にあたる。秦には左右の丞相がおり、このとき、左丞相は李斯《りし》である。ちなみに右丞相は霍去疾《かくきょしつ》である。左丞相、ときいた扶蘇は不快げに、

「車を停めてはならぬ」

と、御者《ぎょしゃ》にいい、行列をすすませた。そのため路傍で跪拝《きはい》していた李斯のまえを、

扶蘇の馬車がゆっくりと通りすぎようとした。それをみた李斯は立って、馬車に近づき、歩きながら、

「上郡でご不便がおありになれば、どうかこの丞相にお命じください」

と、声を揚げた。扶蘇は李斯をみない。

「わたしに不便はない。不便があるのは民だ。百家の書物を焚き、学者を阬殺したのは、なんじの進言によるときいた。これでまた罪人がふえる。なんじの旧主である呂《りよ》不韋《ふい》が編纂《へんさん》した『呂覧《りよらん》』には、鄭《てい》は子産《しさん》が宰相であったとき、十八年で三人を刑《けい》し、二人を殺すのみ、と書かれてある。なんじは百万人を刑し、三十万人を殺しているであろう。民を虐待《ぎやくたい》すれば、悪い報いがある。大赦《たいしや》をおこない、いまの罪人をすべて釈放するように、なんじが進言せよ。もしもわたしが帰還し、皇帝の位に登ったら、最初になんじを誅殺《ちゆうさつ》するであろう。首を洗って待っておれ」

この冷えた声に李斯は拝礼の容《かたち》をしめした。

「皇太子はわたしを誤解なさっておられます。もしもわたしが皇帝の左右にいなければ、千万人が刑され、三百万人が殺されていたでありましょう。わたしが大赦を皇帝に進言すれば、わたしはもとより九族まで殺戮《さつりく》されます。その後の宮中は、歩けば屍《し》体《たい》にあたり、長城に罪人をつらねても、なお余ることになるでしょう。皇太子がお還

りになり、即位なされば、すぐさま大赦をおこないたいのです。わたしは荀子《じゅんし》という大儒《たいじゅ》に師事した者です。仁義を知っております」

いい終えた李斯は再拝した。が、ついに扶蘇は李斯をみずに去った。

扶蘇を咸陽から追放した始皇帝は鬱々《うつうつ》として楽しまなかった。

皇帝が皇太子を北方の郡へ遷《うつ》したといううわさが、東方の狄県にとどくころ、田儋、田栄、田横の三人は、遠来の客を迎えて宴を催した。

遠来の客とは、博陽からきた田吸とその女《むすめ》の季桐、それに田吸と友誼《ゆうぎ》があり田横を助力してくれた陶阪である。さらに臨淄から田既と配下の猿歌、また東安平から華氏もきた。

迎える田氏三兄弟の左右には、学者の田光と役人の許章、それに田横の弟子である華無傷と田解がいた。

既知の者もいれば、はじめて会う者もいる。が、かれらはみな田横にかかわりをもち、田光をのぞけば田儋と田栄の冤罪《えんざい》を証拠立てるべく奔走してくれた人々である。

集まった人々の顔ぶれをみた田儋は感動し、ひとりひとりに感謝してから、

「この誼《よしみ》を累代《るいだい》つづけてゆきたい」

と、述べた。

宴が酣《たけなわ》のとき、この燕娯《えんご》に冷水をかけにきた者がいる。県の役人である。かれはふたりの属吏を従えて横柄《おうへい》な態度で、宴会に踏みこみ、あたりを睥睨《へいげい》して、

「ほう、何の祝賀の会か。皇帝を祝賀しているのか。それならよいとしよう。田氏の本家と分家の当主がいるのは好都合である。県令のご命令をつたえる。田儋の家から十人、田栄の家から五人、咸陽の南の阿房宮へむかうべし。造営に従事する。なお宰領は田横がおこなうように、との県令のおことばである。出発は三日後となる。早朝に県廷《けんてい》前の広場に集合すること。よいな」

と、いった。宴席にざわめきが生じた。役人は片頬に皮肉な笑いを浮かべ、むけられる問いをはねかえすように、するどく宴席に背をむけて去った。

「腐《くさ》れ役人めが――」

立ちあがった田儋は役人の残像にむかってののしった。田栄も怒っている。

「弟がなぜ宮殿の造営に従事しなければならぬのか。徒刑《とけい》の者を使えばよいではないか」

たちまち宴席は慍色《うんしょく》におおわれた。

夫役《ぶやく》の人数をださないのなら莫大な銭を県に納めなければならない。独り田横は立って、

「阿房宮へゆくのは、わが田氏の家人だけではないでしょう。百日も働けば帰ることができるでしょう。心配しないでいただきたい。せっかくの宴です。楽しくすごしたい」

と、明るい声でいった。

あとから想《おも》えば、この宴に役人が踏みこんできたことは、出席者の団結力を強めることになった。困難をみなで打破してゆこうという気分になったのである。田栄と田横は、客のなかで田吸と季桐を自宅に泊めることになり、この父子をいざなった。田栄はまだ機嫌が悪く、

「県令のいやがらせだ」

と、つぶやいていた。自宅の門のなかにはいったとたん、田栄と田横は目を瞠《みは》った。

「小珈――」

田栄がそういうまえに、

「なにゆえ婚約をお破りになったのです」

と、強いまなざしの小珈がなじるようにいった。田横がいぶかしげに口をひらこうとすると、田栄が、

「千乗から断りがきた。婚約を破ったのは、そちらのほうだときかされた」

と、はねかえすようにいった。顔色を変えた小珈は、

「まことですか」

と、きいた。そのあと田横の目をさぐるようにみた。田横は目でうなずいた。

「今日は客がある。明日、話をしよう。わが家に泊まってゆくがよい」

と、田栄は口調からけわしさをぬぐって、田横に目くばせをした。すこし離れたところにいた季桐は、小珈ばかりを視《み》ていた。

母家《おもや》の小さな部屋にはいるや、小珈は田横の手をとって泣いた。田横は小珈のふるえを感じて、烈しく肩を抱いた。まぶたが熱くなった。小珈は実家をぬけでて狄まで歩いてきたらしい。小珈のふるえがとまったとき、

「従兄がそなたの家とわが家に、同時に断りをいれたのだ。それがいまわかった」

と、さとすようにいった。

「わたしは県令の妾《しょう》にさせられます」

田横のどこかが赫《かっ》と熱くなった。小珈の幸福を願っていたのは従兄ではないか。

「どういうことだ……」

と、つぶやいた田横は、小珈の濡れた目をみつめた。

「わたしは三日後に、咸陽にむかって出発する。県令の命令だ。小珈よ、千乗には帰るな。兄や知人がそなたをかばってくれよう。わたしの帰るのを待て」

「ああ、それも罠《わな》です。県令は悪人です」

小珈は悲鳴に近い声を揚げた。

いのちの谷

浮かない顔で田栄《でんえい》の近くにすわった田横《でんおう》を瞪視《とうし》した季桐《きとう》は、

「ここには四人しかおりません。父とわたしは明日博陽《はくよう》へ帰ります。お困りのことを話してくださいませんか」

と、すずやかな声でいった。

顔をあげた田横は兄と目語《もくご》してから、

「このままでは小珈《しょうか》は県令の妾《しょう》にされてしまう」

と、いったので、田吸《でんきゅう》と季桐ばかりでなく田栄もおどろいた。

「話がちがう」

「どうちがうのか。今日まで、我慢してきかなかった。が、家にいるのはあと二日だ。ここで話してくれてもよかろう」

「小珈が県令の妾にさせられるとは知らなかった。外兄がその話を承知か、承知でないのか、わたしにはわからぬ。わかっているのは、こういうことだ」

田栄の目もとが赤い。怒っているからであろう。

田儋《でんたん》と田栄は赭巾《しやきん》の賊に通じていると疑われて拷問《ごうもん》をうけた。が、あるとき田儋だけが県令のまえにひきすえられて、

「赭巾がなんじの家でみつかった事実は動かしがたい。ゆえに死刑はまぬかれがたいが、わしにも温情がある。金銭を納めよ。それになんじの家にいた女《むすめ》、小珈といったな、その女を田横へ嫁《とつ》がせるな。そうすれば、釈放してやろう」

と、いわれた。そのとき田儋は、

――県令に小珈をみせたのがまちがいであった。

と、おもった。赴任してきたばかりの若い県令は、貴人の風貌《ふうぼう》をもち、狄《てき》の有力者である田儋は、県令のために着任祝いの会を自宅で催したのである。そのとき給仕にでた小珈を県令は蛇のような目でみていたらしい。

けっきょく田儋は県令ととりひきをして出獄した。田栄があとできかされた話とはそういうことである。

「郡守から釈放命令が県令にとどいたはずだ」

と、田横は色をなした。

「わたしもそうおもっていた。が、実際は従兄が貢献《こうけん》をおこなって出獄した。ちがうか」

田栄がそういったとき、

「あの……」

と、季桐が小さく声を揚げた。兄弟は口をつぐんでこの聡明《そうめい》な女をみつめた。

「許章《きよしよう》どのの密告によって郡守が真相を知り、田氏は無罪であるから出獄させるように命じたことは、確実であると存じます。それがなければ県令はおふたりを獄死させていたでしょう。あわてて県令はとりひきを田儋どのにもちかけたのです」

膝《ひざ》をたたいた田栄は、

「そうにちがいない。うすぎたない県令よ」

と、くやしげにいった。その兄にむかって田横は、

「小珈の千乗《せんじよう》の家は、外兄の家とは親戚になるので、連座によって有罪になると恫《おど》し、小珈をさしださせようとしたらしい」

と、口吻《こうふん》を熱していった。

ここまで静かに話をきいていた田吸が、

「悪辣《あくらつ》な県令ですな。名は何というのですか」

と、落ち着いた声できいた。

「われわれは令徐《れいじよ》とよんでいます。令は氏ではありません。県令の令です」

田栄は怒りがおさまらぬようすである。

「こういうことは考えられませんか」

はじめて田吸は推量を述べた。

県令の徐はそうとうに若い。成績がよいから県令の地位に昇ったのか、別な手段で昇ったのか。もしも令徐が悪事をかさねてきたのであれば、かくしきれるものではなく、臨淄《りんし》の郡監がその証拠のようなものをつかんだのではないか。郡監は県令の非違《ひい》を摘発し、中央に報告する義務があるのに、ひそかに県令を脅迫して贈賄《ぞうわい》を強いた。そこで浮上してきたのが、富家である狄の田氏を罪におとして財産を奪うというたくらみで、県令を陰助《いんじょ》するかたちを郡監はとった。

「それで筋は通りませんか」

そういわれた田栄と田横はおもわず顔をみあわせた。そうなると田儋がさしだした金銭は郡監に渡っていることになる。腹いせに田横から小珈をとりあげようとしているのが県令である。

「小珈をどうしたものか……」

田横は幽《くら》い息を吐いた。

田吸という人の声の質は人を安心させる温かさとやわらかさをもっている。その声が田横への同情をふくんだ。

「わたしが小珈どのをおあずかりしよう」

「それは――」

と、眉宇《びう》を明るくした田横は、すぐに首を横にふった。

「田吸どのの顔も役人にみられている。宴会に集まった者の身元を県令は調べさせているはずだ。従兄の家で働いている者は多く、そのなかの二、三人を買収することは、県令にとってたやすい」

「小珈のことは、わたしにまかせよ」

と、田栄は毅然《きぜん》といった。

しばらく考えていた季桐は、

「県令は悪だくみが好きな人です。咸陽《かんよう》までの道中に陥穽《かんせい》が設けられていると存じます。どうかご用心なさってください」

と、田横にむかっていった。

「かならず用心しよう。わたしが還《かえ》ってきたときに、監と令を退治できるようなことを考えておいてくれぬか」

「悪人を栄えぬようになさるのは、あなたさましかおらず、わずかでもお手伝いできることを愉《うれ》しくおもいます」

田吸と季桐が別室へ去ったあと田栄は季桐を称《ほ》めて、

「美しいし、聡明でもある。広《こう》の年齢がもうすこし上であれば、わが家にきてもらいたい」

と、いった。田横は苦笑した。

「季桐は田氏ですよ。おなじ氏の女を娶《めと》ってよいのですか」

「博陽の田氏は、大昔に斉《せい》の田氏から分出した家だ。そのころ田氏は陳《ちん》氏とよばれていたので、陳という氏にしてもらえばよい」

「田吸どのは、諾《だく》、とはいわぬでしょう」

「同姓では婚姻を禁ずる、というのは昔のことだ。博陽の田氏は親戚ではない。婚家として何が悪かろう」

田栄はすっかり季桐が気にいったようである。

「兄上は、小珈をかばってくれるのですか」

「県令はわが家と平原県《へいげんけん》の楡《ゆ》氏とのつながりを知るまい。いざとなったら、楡氏へ逃がすというのは、どうだ」

「楡氏ですか……」

田横はいまの楡氏を信用していない。その表情をみた田栄は強く田横の肩をたたいた。

「今夜、小珈を妻にせよ」

息をのんだ田横は兄を凝視した。

「小珈は、なんじの愛をたしかめにきたのだ。明日、千乗の家から迎えがくるかもしれぬ。人は後悔すると、まえへすすめぬ」

この声に背を押されるように田横は小珈のいる部屋へゆき、

「わたしがもどってくるまで、平原県でかくれているか」

と、きいた。小珈はうつろに首をふって、

「わたしが逃げれば、父母が令徐にむごい目にあわされるでしょう。わたしはあなたさまの本心を知ったので、悔いはありません」

と、細い声でいった。この逃げ場のない婚約者の肩に手をかけた田横は、

「令徐を斬《き》って、そなたと東海の島へ逃げたい」

と、いった。激情が全身をめぐり、指をふるわせた。また小珈はうなだれて泣いた。

——どうしたらよいのか。

さすがの田横も呆然《ぼうぜん》とした。県令を斬れば、外兄と兄が逮捕されて処刑されるであ

ろう。県令の犯罪の証拠をつかんでも、訴えるところがない。郡監は県令をかばって訴えを却下するにちがいない。郡守は県令を調べて捕らえる権能をもっていないであろう。

「こうなったら、病死したことにして、親戚の家にひそんでいることだ。令徐は千乗県の墓地まで掘り起こすことはできぬ。ご両親にお願いしてみる」

田横は書状をしたためた。それを小珈に渡した田横は、

「もしもそなたに令徐が指をふれたら、令徐を斬る。ご両親にもおつたえしてくれ」

と、肚《はら》をすえたようにいった。書翰《しょかん》を胸に抱いた小珈は、

「令徐のもとにはまいりません。あなたさまのお還りをお待ちしています」

と、ふるえる声でいった。ふたりの意志がかよいあい、困難にたちむかおうとするかたちをつくったといってよい。

「小珈……」

田横の息に小珈の息が近づきまじりあった。女の動悸《どうき》の大きさにおどろきつつも田横はなかば冷静に女の肌体《きたい》のふしぎさを感じた。はじめて人生の重さを実感したようで、やがて田横は感動に染まった。遠くで小珈の声がするようであったが、目のまえにある濡《ぬ》れた唇がわずかにひらいたにすぎなかった。

翌朝、田栄と田横は狄県の外まで行き、田吸と季桐を見送った。

強い涼風の吹く暗い日である。

田吸は歩くときにすこし足をひきずるが、足の傷は癒《い》えたようである。むろん博陽へは馬車で帰る。別れるときに、田栄と田横にむかって、

「わたしも許章も、秦《しん》の役人だが、このたびのことでも、上が下を虐待《ぎゃくたい》していることがよくわかった。全土のすべての郡で、おなじようなことがおこなわれ、無実の罪で囚人になっている者もいれば、冤罪《えんざい》を晴らしようがない制度を怒って、盗賊になった者もいる。あなたがたが王になると許負《きょふ》が予言したのであれば、かならずそうなる。人をいたわり、あわれむ王になってもらいたい。そのときはかならず、わたしは駆けつける」

と、ゆたかな声でいった。

田栄は田吸の器量の大きさに気づいており、このことばに感激し、おもわず田吸の手をにぎった。田横は季桐に声をかけた。すると季桐は、

「管仲《かんちゅう》の矢から斉の桓《かん》公を救ったのは、ひとつの帯鉤《たいこう》でございます。田横さまは剣の達人でございますが、いまのように時そのものが虚《きょ》をつくり、その虚を衝《つ》かれることがないとは申せません。わたしのことばがあなたさまの帯鉤になることを祈っており

ます」

　と、静かにいった。

　田吸と季桐の乗った馬車がみえなくなるまで目をそらさなかった田栄は、季桐の忠告をきいていたのか、

「あれほど賢い女をはじめてみた。季桐をわが一門に迎えられないものか」

　と、田横にいった。

　ふたりが帰宅すると、千乗の家からの使いがきていた。小珈は涙を浮かべて馬車に乗った。

「書翰をご両親に渡してくれ。ご両親は千乗県の民だ。狄県の令の恫しに屈してはならぬ」

　と、田横ははげますようにいった。

「はい……」

　小珈がうなずいたとき、馬車がでた。田横の眼前から小珈の皎《しろ》い顔が消えた。とたんにむなしさに襲われた。小珈は身をのりだして田横をみた。

　――死んではならぬ。

　と、田横は叫ぼうとしたが、その声は胸のなかで鳴っただけであった。

それから二日後に、田横は県廷《けんてい》のまえにいた。

田儋の家から十人、田栄の家から五人がでたのであるが、その人数に田横はふくまれているので、かれは十四人を率いることになる。集合した人数はざっとかぞえてみると百人である。

田横の左右に華無傷《かぶしよう》と田解《でんかい》がいる。ふたりは田横の弟子であり、田栄の家人にひとしいので、咸陽ゆきを志願した。

見送りにきた田儋には小珈のことをいわずに、

「田光《でんこう》先生の教場を再建すると約束しました。よろしくたのみます」

と、田横はいった。大きくうなずいた田儋は、

「たやすいことだ。明年の夏には開講することができよう。そのころなんじも帰ってこよう」

と、力強くいった。

やがて役人がでてきて、氏名をききながら戸籍と照合しつつ、名簿を作った。その名簿を引率の役人に渡した。かれは五人を一組として、それぞれの組に長を立てたあと、田横に近づいて、

「田横は田氏の十五人の長となれ」

と、感情のない声でいった。引率の役人の氏名は、

「柳亘《りゅうこう》」

と、いい、田横とは面識がある。年齢は五十に近く、官吏《かんり》として過誤を犯さず勤めてきた男である。柳亘を補佐するふたりの役人のうちのひとりは知らぬ顔であった。

あとでその役人の氏名が、

「汪代《おうだい》」

であることを知った。

やがて県令が県廷からでてきた。田横はいちど田儋家にきた県令をみた。眉がうすく、鼻が高い、というのが顔の特徴で、面皮が白く、遠くからみると貴人の風貌《ふうぼう》であるが、近づいてみると酷薄な感じをうける。かれは壇《だん》にのぼって訓戒をおこない、最後に、皇帝万歳をとなえた。

――壇に雷が落ちぬものか。

と、田横は上空をみあげた。曇ってはいるが、雷雨をもたらすような黒雲はみあたらない。壇からおりた県令は、いちど県廷にむかったが、踵《きびす》をかえし、歩いて田横のまえまできた。

田横の目に憎悪《ぞうお》の色がでた。

県令は横をむいたまま田横に近づき、

「小珈を匿《かく》したな。が、かならずみつけてやる。なんじが還ってくるころに、小珈はわしの子を宿しておろう。帰る実家があればよいが……」

と、いった。薄い声である。

実家がなくなっているかもしれぬ、というのは、田氏を滅ぼす、という意志を諷《ふう》したのであろう。

田横は唾《つば》を飛ばした。

頬《ほお》に手をあてて唾をぬぐった県令は、嚇《かっ》と田横を睨《にら》んだが、幽かに残忍な笑いを浮かべて、おもむろに去った。

出発である。

済水《せいすい》にそって西へ西へと行く。

東阿《とうあ》をすぎたとき、配下のひとりが、

「気になることがあります」

と、田横にささやいた。その者は田栄の家僕である。田氏の十五人はつねに先頭近くを歩いているので後尾をみることはなかったが、その後尾に狄の住人ではない者が十人ほど歩いているという。男どもの面貌はそうとうに醜悪で、とても正業に就《つ》いているとはおもわれないともいう。

横できいていた田解が、すかさず、

「県令は賊を雇ったのではありますまいか」

と、勘のよいことをいった。しばらく黙っていた田横は、

「出発前に名簿を作っていたし、戸籍と照合していた。賊をまぎれこませる余地はあるまい」

と、首をかしげた。この直後、

――臨淄の郡監がさしむけた十人かもしれぬ。

という用心が生まれた。夜、ひそかに十四人を集めた田横は、

「うしろを凶悪な十人が歩いている。かれらが近づいてきたときは、何かがある。かれらはわたしを殺すのが目的ではあるが、田氏を全滅させるために、さしあたり、ここにいるみなを殺すだろう。変事があったら、わたしにかまわずに逃げよ。逃げて、博陽の陶阪《とうはん》を恃《たの》め。かれのもとへ逃げこめば、役人の手は及ばない」

と、教えた。十五人は全員木の棒をもっているが、田横、田解、華無傷の三人のものは剣が仕込まれている。

東阿から白馬津《はくばしん》へむかい、白馬津で河水《かすい》を渡った。白馬津の西方にある朝歌《ちょうか》から河

水にそって西南にむかい、修武《しゅうぶ》から山間の道にはいった。すなわち太行《たいこう》山脈の南端をゆくのである。

――野王《やおう》へはゆかぬらしい。

野王から西南の道をゆくとふたたび河水を渡って洛陽《らくよう》へ到る道がある。洛陽から咸陽までは迷うことのない道があり、中間に函谷関《かんこくかん》がある。が、引率者の長である柳亘はその道を選ばず、起伏の大きい山道を指した。

急に寒さが増した。

少水《しょうすい》という川を渡るときに雪に遭った。

狄県をでてから一か月半がすぎたのであり、千三百里以上を歩いたことになる。いまは上党《じょうとう》郡を歩いていて、ほどなく河東《かとう》郡にはいる。河東郡の西隣が咸陽の近畿《きんき》であるから、ここまでくると咸陽は遠くない。

――罠《わな》は咸陽に着いてからあるのか。

田横は用心深すぎた自分を嗤《わら》った。

秦という王朝は十月が歳首《さいしゅ》であるから、すでに新年になっている。四序は、冬、春、夏、秋である。ちなみにこの年は始皇帝の三十六年で、紀元前二一一年にあたり、始皇帝の年齢は四十九である。

ついでにいえば、この年に星が東郡に墜《お》ち、地に達すると石になった。隕石《いんせき》である。ある者がその巨大な石に文字を刻んだ。

——始皇帝死して、地分《わか》れん。

それをきいた始皇帝は怒気をはなち、御史《ぎょし》をつかわした。御史はひとりひとりに訊問《じんもん》をおこなったが犯人をみつけることができなかった。その報告を受けた始皇帝はますます怒り、

「石の傍《かたわ》らに住む者をことごとく誅《ころ》し、石を燔銷《はんしょう》せよ」

と、命じた。このため隕石の落下地点に近い人々はすべて殺され、隕石は焼かれ溶かされた。東郡というのは、田横が通過してきた東阿や白馬津がある郡である。

さて、田横たちは昼でも暗い山道を歩いている。遠くに水のながれる音がある。ゆくてに巨岩があり、その巨岩の上の松の木から紅《あか》い巾《きれ》が垂れていた。

「あれは何でしょうか」

と、いぶかしげに華無傷がながめたとき、田横はうしろの十人が徐々にまえにきていることを確認した。

「何かあるぞ、気をひきしめよ」

と、田横が華無傷と田解にいって、巨岩にそって歩いてゆくと、山瘴《さんしょう》から湧《わ》きでた

ような人影があらわれて、引率者である柳亘と汪代に、

「崖《がけ》崩れがある。まわり路をしたほうがよい」

と、教え、細い路をゆびさした。

路が左右にわかれていた。

汪代は樵《きこり》のような男に迂回路《うかいろ》をくわしくきいたあと、柳亘に頭をさげて、

「迷いそうな路です。わたしが先頭を歩きます。脱落者がでそうですので、最後尾を歩いていただけますか」

と、いった。黙ってうなずいた柳亘は列のうしろへ行った。道幅はふたりが並んでは歩きにくいという狭さである。汪代と属吏が先頭で、そのうしろを田横と華無傷が歩いた。水の音がしだいに大きくなってくる。

森林のなかの路で、ふりかえっても、後続の者の影さえみえないときがある。しきりにうしろをみた華無傷が、

「田解がいません」

と、心配した。さきほどまですぐうしろを歩いていた田解が消えてしまった。足をとめた田横は、

「ここで待っていよ。怪しいとおもったら、最後尾にいる柳亘のもとへ走れ。あの吏《り》

人《じん》だけは信頼してよい」

と、いい、ふたたび歩きはじめた。

急に明るくなった。蔦《つた》でつくられた吊《つ》り橋を汪代と属吏が這《は》うようなかっこうで渡った。田横が橋の中央まですすんだとき、にわかに汪代の左右に人がふえた。弓をもっている者が数人いる。

汪代の横に立っている巨軀《きょく》の男がふところから紅巾《こうきん》をとりだして、

「田横よ、よくも配下をかわいがってくれたな。臨淄から逐《お》われた礼もせねばならぬ」

と、野太い声でいった。

「なんじが田角《でんかく》か――」

「はは、田横の目はふし穴か。兄は目のまえにいたではないか」

そういわれて、田横は憶《おも》いだした。山路をおりてきて汪代に迂回路をおしえた男が田角であったのか。すると汪代の横に立っているのは弟の田間《でんかん》ということになる。ひきかえそうとした田横の目に映ったのは凶悪なつらがまえの男どもである。

田横は挟撃《きょうげき》されるという死地に立った。

——十人の壁なら、突き破れよう。

と、棒に仕込んだ剣をぬいたとき、男どもの哄笑《こうしょう》をきいた。つぎの瞬間、吊り橋が揺れた。

「落ちろ、落ちろ」

と、男どもは叫び、橋を五人がかりで揺らした。田横の後方では田間が配下の数人に、

「よいか。いっせいに矢を放て」

と、いい、鞭《むち》を高々とあげた。その鞭がおりれば、矢は田横の体軀《たいく》にむかって飛ぶ。足の下は葉の緑がひろがり、そのはるか下の水流はほとんどみえない。

——跳べば、落下の際に、木の枝をつかめるかもしれぬ。

田横がそう思うと同時に剣が動き、蔦を切って、虚空《こくう》に浮かんだ。あっというまに田横の全身が緑のなかに吸いこまれ、数本の矢は残像をつらぬいた。

男どもは歓声をあげ、土を踏み鳴らした。それから汪代にむかって、

「田横を殺せば、罪を消して、放免するという約束だぞ」

と、怒鳴るようにいった。

「わかった。罪籍《ざいせき》から氏名を消去する。故郷に帰るための銭も用意してきた」

そういった汪代は、田間の配下に蔦の切れた吊り橋をなおさせ、十人を渡らせた。その吊り橋からすこし離れて暗い路にさしかかったとき、いきなり剣をぬいてひとりを斬《き》り殺した。

「このまま冥界《めいかい》へ行ってもらおう」

「だましたな」

と、叫んだ者の胸に矢が立った。田間の配下はかれらの前後に立って刺殺の刃をふるった。斃《たお》れた十人をみおろした田間は、

「死骸《しがい》を谷に投げ落とせ」

と、命じた。

「ふたつ、残しておいてくれ」

と、いった汪代はふたつの斬殺屍体《ざんさつしたい》の近くで笛を吹いた。

「何の合図だ」

「配下の者が後続の者を止めていたので、その解除の笛だ。屍体を始末したら、みつからぬように立ち去ってくれ」

「わかった。明年には、臨淄へ帰る。よろしくつたえてくれ」

田間と配下が去ったあと、汪代と属吏は目で笑いあいながら暗がりのなかに立って

いた。

やがて後続の者が吊り橋を渡ってきた。

先頭は汪代の息のかかった役人であるが、その背後に華無傷と田解がいた。役人は大いにおどろいてみせ、

「その屍体は――」

と、大声で問うた。汪代は顔をゆがめて、

「あの十人が田横を殺して逃げようとしたので、ふたりを斬り捨てた。が、あとの八人は山中に逃げこんだ」

と、いまいましそうにいった。それをきいた華無傷と田解は蒼白《そうはく》になり、

「先生が殺されたと……、妄《うそ》をいうな」

と、汪代につめ寄った。

「妄ではない。吊り橋を渡るときに、かれらは田横を突き落とした」

そういわれた華無傷と田解は膝《ひざ》の力を失って、地に崩れ、哭《な》きはじめた。まもなく田氏の家の者はすべて道にすわりこんで悼痛《とうつう》の声を挙げた。

汪代は顔をそむけ、属吏などをつかって屍体をかたづけさせた。それから、

「さあ、ゆくぞ。期日に遅れると、全員が罰せられる」

と、いい、歩きはじめた。

華無傷と田解、それに田氏の家人はしばらく起《た》てず、列の後尾にまわった。田解は蹌踉《そうろう》と歩き、

「咸陽へはゆきたくない。谷に降りて先生を捜したい」

と、うつろな表情でいった。おなじように肩を落としていた華無傷は、

「そうだ。先生が死んだと決まったものではない。捜そう」

と、目をあげた。とたんにふたりの肩に男の手がかけられた。柳亘であった。

「脱走すると、田氏の者は処罰される。残された者が囚人になってもよいのか」

「吁々《ああ》――」

田解は嘆きの声を挙げた。華無傷はまた涙をながした。が、このときふたりは柳亘の心にある温かさにふれた。

この集団が咸陽に近づいたとき、田解と華無傷はひそかに柳亘に訴願した。咸陽の役人にさしだす名簿の内容を知りたいといったのである。人数の変更を認めるほど秦の法は甘くないことに田解が気づいたのである。もしかすると、最初から田横と凶悪な十人がはぶかれていたのではないか。が、柳亘は、知らぬほうが身のためだ、とさとすようにいった。

さて、吊り橋から飛び降りた田横の安否について書かねばならない。

吊り橋と渓流のあいだには大木の枝が幾層にもかさなり、田横のからだをうけとめた。田横が枝をつかもうとしたとき、剣はながれのなかに落ち、つかんだ枝は音をたてて折れた。そのため体勢が崩れ、頭から落ちるかたちになり、二度ほど腰と脚が枝にさわった。

背に大きな衝撃を感じたとき、田横のからだは半回転し、目に映った大小の石が急速に近づいた。

――だめか。

枝にはじかれて川ではなく川辺に落下した。即死する自分を田横が感じたとき、視界のなかのめまぐるしい動きがやんだ。葉のない枝に衣服がつらぬかれて、裂けたものの、田横の帯が微妙にからんで、落下をさまたげた。

田横は宙吊りになった。

突然、足の下から小さな笑声が湧いた。

「人がふってきたのを、はじめてみた」

川辺にふたりの男が立ち、田横をみあげている。ひとりは未成年で、ほかのひとりは三十五、六歳にみえる。ふたりは裘《かわごろも》を着ている。童子は美しい狐の裘で、壮年の男のそれは狼の毛でつくられているようで、一見黒光りがしているがよくみると紫色の光沢がある。

「めずらしい物をみたら、礼のために、おろしてくれぬか」

「飛びおりればよい」

と、童子はからかうようにいった。

「脚を折る。折れた脚をなんじの脚ととりかえてくれるのなら、飛びおりよう」

「ごめんだな」

童子がそういうと、小さくうなずいた男が葛籠《つづら》のなかから縄をとりだして田横にむかって投げあげた。うけとった田横は縄を枝にくくりつけ、裂けた上衣を脱ぎ、帯を枝からはずしてから、縄をつかって川辺におりた。それから縄をゆらして引くと、縄が落ちてきた。その縄を葛籠に納めた男は、無言でながれを指した。

屍体がながれてゆく。

「なまぐさいことだ」

と、いった童子は上衣を失った田横を凝視して、

「なんじは悪人ではないな。袈をくれてやろう」

と、石の上を歩き、口笛を吹いた。するとふたりの男が馬を牽《ひ》いてあらわれた。

まもなく春になるとはいえ、山中はそうとうに冷える。馬を牽いてきた鬚《あごひげ》の濃い男は皮袋のなかから羊の裘をとりだして、田横に投げあたえた。それを着た田横は、ふるえがとまったせいもあり、このえたいのしれない主従を観察した。

どうみても主人は十三、四歳の童子である。従者はいまのところ三人である。馬は四頭あり、それぞれが馬に乗るとみてよいが、全員がみなれぬ弓をもっている。それにしても、どこからこの谷におりてきたのか。

清流の水を飲んでいる馬に近づいた童子は、その馬を牽いて石の多い川辺を無言で歩きはじめた。田横も無言で歩いた。やがて浅瀬をみつけたかれらは急流を渡るために馬に乗った。

「おい、置き去りにするつもりか」

田横に声をかけられても童子はふりむかず、馬をすすめた。四人が川のなかばにさしかかったとき、対岸から人影が湧《わ》いた。五十人はいるであろう。前列の二十人がいっせいに矢を放った。とっさに壮年の男が童子をかばうように馬のむきをかえた。そのわき腹に矢がはいった。ほかのひとりも矢をうけて顚落《てんらく》した。鬚の濃い男は馬術にすぐれているらしく、からだを横にしたまま馬を逆走させ、童子の馬と併走した。が、その二頭の馬も飛矢で殪《たお》され、ふたりは水中に落下した。

水に膝まではいって童子を扶《たす》けた田横は、

「人を置き去りにした罰だな」

と、いい、鬚の男が起きあがるのを確認するまえに走りだした。対岸の五十人はいちどながれに足をいれたが、渉《わた》りきれないとみて、全員馬に乗った。

その間に三人は走りに走り、崖を登りはじめた。岩のあいだの松をつかみ、岩のくぼみに足をいれ、必死に登った。崖下《がいか》に到着した者はまたしても矢を放った。矢は虚空に浮かんで力なく落下した。ひときわ大きな岩の上に乗った田横は、

「弓矢をよこせ。わたしが禦《ふせ》いでいるあいだに逃げよ」

と、いった。が、従者の死を悼《いた》んで泣いていた童子は、

「なんじでは中《あ》たらぬ。みていよ」

と、強い声でいい、足場をえらんで鬚の男とともに矢を放った。まっさきに登ってきた男が小さく叫んで落下した。恐ろしいほど正確な矢が後続の登攀《とうはん》者をつぎつぎに消した。

――濡《ぬ》れた矢で、よく中たるものだ。

弓術ではたしかに田横は童子と鬚の男に劣るであろう。どうやら鬚の男は、

「保衣《ほい》」

と、呼ばれており、童子は、

「蘭《らん》」

という名であるらしい。さらにわかったことは、蘭をかばって矢をうけ、水中に沈んでながされた壮年の男は、

「建父《けんぽ》」

と、いい、保衣の兄であるらしい。それにしても蘭と保衣の弓術はあざやかで、むだな矢がなく、追撃者をかならず死傷させて、ついにかれらを崖下に足どめさせた。念のため三人で巨岩を押して落下させた。すぐさま三人は逃げて、夕方には山中の洞《どう》窟《くつ》にはいった。保衣が葛籠からとりだしたのは脯《ほじし》（干し肉）で、童子はそれを食べながら、

「十五人ででたのに、いまや保衣ひとりになってしまった」

と、つぶやき、また涙をながした。

「叔《しゅく》公はあなたさまを殺さなければ、安心できぬのでしょう」

「わたしは帰らぬ、といったのに、叔父は信用しない」

「あなたさまを秦王が後援するのを、叔公が恐れているのです」

この主従の対話がすこし離れたところにいる田横の耳にとどく。

「咸陽へゆくのか」

この声はふたりの対話をさまたげた。ほどなく保衣が、

「そうだ。が、なんじを連れてゆく気はない」

と、冷えた声でいった。

「敵はまだ四十人ほどいるぞ。二人では勝てまい。どうだ、わたしを護衛に傭《やと》わぬか」

「吊り橋から落ちるような男を傭えるか」

「ためしてみないか。わたしが保衣どのの弓に勝ったら、傭ってもらおう」

「やめておけ。死ぬぞ」

「今夜は満月だ。立ちあうにはどこがよいか」

脯を食べ終わった田横は木剣としてつかえそうな木の枝を捜すために洞窟をでた。

——どういたしましょうか。

と、目で問うた保衣に、

「あの男は悪人ではない。使えそうなら傭ってもよい。ためしてみよ」

と、蘭は関心のある声でいった。

山のなかなので平坦《へいたん》な地はないが、すこし起伏があるが広い草地をみつけた田横は、

保衣があらわれると、

「二の矢をつかってよいぞ」

と、いい放った。保衣は苦笑した。

「一矢で、なんじは死ぬ。二の矢は要らぬ」

「そうみくびるな。何でもためしてみたほうがよい」

苦笑を斂《おさ》めた保衣は、問うようなまなざしを蘭にむけた。あたりは霜がおりたように白い。満月が中天にくるにはときがかかる。が、相手はよく視《み》える。蘭がうなずいたので、保衣は二の矢まで用意した。

田横は木の枝をかまえた。

保衣は矢をつがえて弦を引き、田横の肩のあたりを狙《ねら》った。はじめから殺すつもりはなく、矢が中たった場合、軽傷ですむようにしたかった。が、保衣は眉をひそめた。田横のからだが木の枝にかくれたような錯覚に襲われた。

――そんなことが、ありえようか。

と、おもった瞬間、矢は弦をはなれた。田横がみえないことに焦《あせ》りをおぼえた保衣は、すばやく二の矢をつがえて弦を引いた。

「あっ」

と、左手に痛みをおぼえた保衣は弓をはなした。目前に迫ってくる影は、田横のものであった。弓をふたたびつかんだときには、田横の木の剣がのどに軽くあたってい た。

「それまでだ。なんじを傭おう」

と、蘭の声がするどく揚がった。保衣は痛む指をさすった。

洞窟にもどった田横のまえに五金《きん》が置かれた。

「傭うのだから、氏名をきかせてもらおう」

「田横という」

「強いな、なんじは」

「わかってくれたか。わたしは役に立つぞ」

と、田横は笑った。

「左手の木の枝で矢をふせぎ、右手で石を投げたな。みごとなものだ。保衣の矢をかわした者をはじめてみた」

「しばらく郷里には帰らぬ。わたしを騙《だま》して殺そうとした者とわたしの配下が咸陽にいるはずだから、そこまでの護衛だとおもってもらいたい」

「わかった。わたしの旅も、咸陽で終わる」

「途中で終わらないようにするには、敵が待ち伏せているとおもわれる方向とは反対の道を選ぶことだ。遠まわりになるが、河水を渡ってしまおう」

田横は渓流に浮かんでいた屍体が、自分の配下の者ではないことを知って、狄の県令の狙いがわかった。おそらく田解や華無傷などは殺されず、咸陽へむかったにちがいない。ふたりに自分が生きていることをつたえたいが、この状況では無理である。

蘭という童子は保衣とふたりだけでいるときは、わかりにくいことばで話す。そのふたりを追跡している者たちがすべて馬に乗っているというのが解《げ》せない。

このまま南下すると函谷関の対岸にでてしまう。また西南へすすむと蒲坂《ほはん》があるが、追跡者はふたつの道を見張っていると想ったほうがよい。それゆえ東へむかってから南下し、河水を渡ることにした。

歩いていくつもの山を越えた三人は、野王という大きな県にはいった。馬商人をさがした保衣が、すぐに三頭の馬を買ってきた。

「蘭どのは富人《ふじん》だな」

と、田横がおどろいたようにいっても、保衣はそれには応《こた》えず、

「これで歩かなくてすむ。咸陽までは、あと何日だ」

と、きいた。

「およそ九百里だ。歩けば三十日かかるが、馬なら十五日以内で着けよう」

「そうか……」

保衣は旅舎のなかで蘭と話をはじめた。田横は市へゆき、いろいろな物を買いこんだ。葛籠も剣も買った。旅舎ではひさしぶりに髪を洗い、頭には冠ではなく幘《さく》をつけた。蘭と保衣は頭巾で髪をおおっている。蘭の頭巾は刺繡《ししゆう》がほどこされており、そうとうに高価な物にみえる。

――咸陽でふたりの旅が終わるとは、どういうことか。

わかったところで田横がどうなるというものではないが、関心がないわけではない。三人は野王をでて西南にすすみ、舟で河水を渡り、洛陽にはいった。そこで蘭が、

「函谷関を通りたくない」

と、いったので、田横は宜陽《ぎよう》への道を選んだ。南へ、南へとまわりこむかたちになった。

気がつくと、春になっていた。

藍田《らんでん》から咸陽への道は、花が美しかった。

まさかおなじ道を通って、後年、劉邦《りゆうほう》という英雄が咸陽を攻めるとは、田横でも予想しえない。視界にあるのは平和な風景であった。

阿房宮は渭水《いすい》の南岸にあるので、北岸にある咸陽へ行くと遠ざかることになってしまう。しかし直接に役人に、狄からきた者たちがどこで働いているのかをきくことができないし、阿房宮へは近寄れないので、田横は蘭に従って咸陽にはいった。保衣に田横は、

「李斯《りし》という高官の家をさがしてくれ」

と、いわれた。

「李斯――」

田横はおどろいた。李斯を知らぬ者はいない。秦の宰相《さいしょう》といってよい。その邸宅をさがすのは、ときがかからなかった。宮殿に近い大邸宅が李斯の家であった。

「あれがそうだ」

と、田横がおしえると、蘭と保衣は小さくうなずきあって、この日は旅舎にはいった。田横はわずかに迷ったが、おなじ旅舎にはいって、蘭に声をかけた。

「護衛はここで終わった。が、わたしの旅は終わったわけではない。あなたはそうとうに身分の高い人であろう。もしも、わたしを憐《あわ》れんでくれるのなら、ひとつの願いをかなえて欲しい」

田横は蘭に頭をさげた。

「その願いを、ききましょう」

即座に蘭はいい、田横を直視した。

「わたしは吊り橋から落ちたのではなく、落とされたのだ」

と、田横は狄の県令の陰謀について語り、自分の配下が咸陽に着いたのか、いまどこで働いているか、それを知りたいといった。蘭とともにその話をきいていた保衣が、はじめて田横に親しみをみせて、

「なんじは勇者だな。心のある勇者だ」

と、ほめた。蘭は澄んだ目を田横にむけたまま、

「李斯が調べてくれるだろう。それまでこの旅舎で待つがよい」

と、威のある声でいった。

翌日、蘭と保衣は礼装に着替えて李斯邸へむかった。蘭は門衛に謁刺《えっし》（名刺）に美《び》珠《しゅ》をそえて、

「李丞相《じょうしょう》にお目にかかりたい」

と、いった。美珠を袖《そで》のなかにいれた門衛は、その謁刺を上司にとどけた。眉をひそめた上司は、李斯のもとへ報告に行った。謁刺をみた李斯は瞠目《どうもく》し、

「ご鄭重《ていちょう》に、ここへ――」

と、指示した。

謁刺には、

「楼煩王女子蘭《ろうはんおうじょしらん》」

と、書かれていた。それは楼煩王の女《むすめ》の子である蘭と読める。李斯は蘭を知らないが、楼煩の王女は知っている。報告によると、蘭は美童で、従者はふたりしかいないという。

——まさか偽者《にせもの》ではあるまいな。

この用心は無用であった。蘭をみたとたん、王女に肖《に》ているとおもった。年齢も予想通りであった。

「李丞相か——」

「よくぞ拙宅へお越しくださいました」

拝礼した李斯は着席をすすめた。ためらわずすわった蘭は、

「わが母はすでに亡《な》い。わたしは楼煩をでなければならなくなった。天下で頼ることができるのは、李丞相と父上だけである。母から話はきいている」

と、いい、小さなため息をついた。

「楼煩王がお亡くなりになったのは知っています。王女もお亡くなりになったのです

か」

「わたしは楼煩王になる気はないので、叔父に位を譲ったのだが、叔父はわたしが生きているのが不快なのか、出国したわたしに追手をさしむけた。配下をほとんど喪《うしな》い、咸陽に着いた。父上にお目にかかれるように、はからってくれ」

「さようでしたか……」

李斯の表情が冴《さ》えなくなった。

十五年前に楼煩王が秦王（始皇帝）を聘問《へいもん》にきた。楼煩王の家族の接待にあたったのが李斯である。王女の美貌《びぼう》はすぐに評判になり、秦王の嫡子である扶蘇《ふそ》は王女に関心をもち、まもなく王女と扶蘇はふたりだけの時間をもつようになった。楼煩王ははじめから自分の女を秦の太子の妃にするつもりであり、咸陽に半年間滞在した。李斯は王女が妊娠したことを知り、秦王に報告した。が、秦王は冷えた声で、

「秦王室の血胤に胡《こ》をいれるわけにはいかぬ」

と、いい、楼煩王とその家族を帰国させることにした。王女と離別しなければならぬと知った扶蘇は、李斯をつかまえて、

「秦王に何をいったのだ」

と、涙を浮かべて怒鳴った。が、李斯はふたりのために最大限に努力したつもりで

あり、ふたりの不幸を望んだわけではない。以後、扶蘇は李斯に口をきかなくなった。いうまでもなく蘭の父とは、扶蘇である。

楼煩は北方の狩猟《しゆりよう》民族である。

王国ではあるが、定住地をもたないので、その勢力圏は一定ではなく、いわば国境をもたぬ王国である。

楼煩の王女は帰国すると子を産んだ。女児であったが、楼煩王はその女児を男子として育てるように命じた。それゆえ蘭が女であることを知る者はわずかであり、族人は蘭を男子であると信じた。

蘭は四、五歳で馬に乗り、五、六歳で弓矢をあつかうようになった。楼煩王は王女のほかに男子を得たが、嫡子として認めず、孫の蘭に王位継承権があることを示唆《しさ》した。それゆえ楼煩王が亡くなったときに、王子の不満が爆発し、蘭に譲位を迫った。蘭は自身が女であることを族人に明かすと混乱を招くとおもい、叔父に国王の位を譲って出国し、父である扶蘇のもとで暮らすことにした。

——母は秦の太子の愛を信じて亡くなった。

それに接待役の李斯を怨《うら》むどころか、感謝していた。それらのことを胸に斂《おさ》めて蘭は李斯に会ったのである。

だが李斯の表情は冴えない。

「わたしは父上に歓迎されない者なのか」

「いえ、皇太子は楼煩王女を忘れてはいないでしょう。あなたさまを喜んでお迎えするでしょう。しかし皇太子は、いま咸陽にはいないのです」

蘭は眉をひそめた。

「皇帝のあとつぎが咸陽にいない……」

「不幸なことが生じまして、いま皇太子は上郡におられます」

「上郡……」

それがわかっていれば咸陽にくるまでもなかった。

「上郡にゆかれますか」

「ゆく。父上にお会いしたい」

「では、関所を通れるようにいたしましょう。念のために書翰《しょかん》もしたためます。従者はふたりですか」

「ふむ、ふたりといえばふたりだ。ひとつ、丞相に調べてもらいたいことがある。臨《りん》淄《し》郡の狄県から、阿房宮の造営のために人がきているはずで、かれらがほんとうに阿房宮にいるのか、それともほかの場所で働いているのか」

「たやすいことです」

李斯はなにも問わずにうなずいた。

このときの李斯には多少の打算が働いている。かれは上蔡《じょうさい》という邑の出身で、布衣《ふい》（平民）にすぎなかったが、荀子《じゅんし》という大儒《たいじゅ》の弟子になり、修学を終えると、当時の秦の宰相であった呂不韋《りょふい》の客となり、呂不韋に推挙されて秦王政《せい》の側近となった。それから累進《るいしん》して、いまや李斯をしのぐ臣はいない。李斯の長男を、

「李由《りゆう》」

というが、三川《さんせん》郡の守となり、ほかの子もみな秦の公主《こうしゅ》（皇女）を妻に迎え、女はすべて秦の公子に嫁《か》した。始皇帝の信頼は絶大であり、李由が休暇で咸陽に帰ってきたとき、酒宴を催したのであるが、文武百官の長が祝賀の辞を述べにきたので、門前に集合した馬車は幾千という数であった。そのとき李斯は、感慨無量《かんがいむりょう》となり、

「わたしのような駑下《どか》（非才）がこの地位に登れたのは、主上のおひきたてがあったからだ。わたしは富貴《ふうき》をきわめたといえる。物はきわまると衰える。わたしの馬車はどこまでゆくのか」

と、いった。李斯の乗る馬車は富貴の道を走りつづけ停まらぬようにおもわれるが、ひとつ懸念《けねん》があるとすれば、皇太子の扶蘇との溝がひろがりつつあることである。そ

の溝に車輪を落とせば、李斯は顚落《てんらく》する。

――溝をせばめ、橋を架ける必要がある。

その橋が、蘭であった。

「どうか、今日は、弊宅へお泊まりください」

と、いった李斯は、ふたりの従者を邸内にいれ、蘭をみちびきいれた華麗な客室の近くの室《へや》をあたえた。

この夜の食事は音楽付きの美膳《びぜん》で、さすがの田横も魂が浮かれでそうであった。

「明日は上郡へむかう」

と、蘭にいわれた保衣はけわしい顔つきで、

「叔公の手の者が、かならず襲撃してきます。丞相は兵を付けてくれるのですか」

と、不安をみせた。それをきいていた田横が、

「わたしが請求してみよう」

と、立ち、この家の家宰《かさい》にちがいないとみた男に近づき、

「蘭さまをつけねらっている者が、四十人もいる。上郡まで、百人の兵を付けていただきたい」

と、いった。

それにたいして家宰は、

「わが主は、賓客だけでも千人を養っておられる。護衛の者を二百人でも三百人でも、お望みの数を用意しましょう」

と、こともなげにいった。

「いや、百人で充分です」

と、いった田横は蘭に語《つ》げた。安心した保衣は、

「なんじには才覚がある。上郡まで蘭さまに随行させたくなった」

と、なかば本気でいった。

ことばにはふしぎな力がある。保衣のことばは、翌日に、実現したのである。家宰が蘭のもとにきて、狄県から咸陽にきた者たちは阿房宮の造営に従事せず、上郡へ送られたという。昨年から九原《きゅうげん》という長城のほとりの県からまっすぐに雲陽《うんよう》県（咸陽の西北）に達する道路が作られている。この高速道路は匈奴《きょうど》など北方の異民族が長城を侵したときに、大軍を発して、長城の兵を援護するのに最速でおこなうためのもので、山を崩し、谷を埋めるという大規模な工事を要している。かつて方士《ほうし》である盧生《ろせい》がもたらした、

「秦を亡《ほろ》ぼすものは胡である」

という予言が始皇帝をおびやかしつづけているので、北の守りを重視したのである。その工事を監督しているのが将軍の蒙恬《もうてん》であり、駐屯地《ちゅうとんち》は上郡であった。

「わたしの臣下として上郡へゆけばよい」

と、蘭は田横にいった。蘭には保衣しか臣下がおらず、田横と旅をしつづけていると、

——この者は、頼りになる。

と、感じはじめていた。田横の潤滑《じゅんかつ》な人格が蘭に滲《し》みつつあるといってよい。むろん楼煩の族には田横のような風致《ふうち》をもった人物はひとりもいなかった。

「まえにも申し上げたように、狄県の田氏は県令におとしいれられそうになり、わたしは汪代という役人に殺されそうになった。田氏の家人は道路工事をおこない、おそらく帰途に殺される。そのまえに、かれらをひきとることはできないだろうか。あなたのような高貴な人に、臣下がふたりでは足りない。田氏の家人をあなたの家人にしてもらえまいか」

と、田横は蘭に訴えた。

「考えておこう」

父である皇太子が自分をうけいれてくれなければ、なにごともはじまらない、と蘭はおもっている。

咸陽から上郡まではは徒歩でおよそひと月かかる。

蘭だけではなく、保衣と田横も馬車に乗せられ、御者《ぎよしや》が付けられた。むろん護衛の者はすべてが騎卒《きそつ》ではないので、歩いてゆくのとかわらない速度である。李斯は家臣と食客に蘭の護衛をおこなわせたのであるが、宿泊地では、かならず県令が挨拶《あいさつ》にきた。護衛の集団を指揮している李斯の重臣を、

「岸当《がんとう》」

と、いい、田横の目からはその人物の沈毅《ちんき》さがなみなみならぬものであることがわかった。はっきりいって李斯の評判は悪い。非情な佞臣《ねいしん》であるといわれている。だが、岸当をみるかぎり、李斯は世間でいわれているほどの悪臣ではないのではないか、と田横はおもった。

岸当をのぞいて蘭が何者であるのかを知る者はいないのに、蘭が李斯の最上の客であると察するのか、つねに礼客をもって迎えられ、歓待された。王女の子である蘭はそういう礼を平然とうけたが、田横は多くの者の気づかいをみて感動した。蘭の重臣であるとみなされていることの快感は、かつてないものである。保衣とふたりになっ

たとき、田横は、

「中華には老子《ろうし》という賢人がいた。その老子が、これを歙《ち》めんと将欲《ほっ》すれば、かならず固《しばら》くこれを張る、といった。没落させたかったら、威張らしておくにかぎる、とおなじことだ。人に頭をさげられてばかりいると、わがままがでる。わたしは世の恐ろしさを知ったよ」

と、いった。

「中華の者は飾りを好む。欲が大きすぎるからだ。皇帝は飾りの重さで自滅しかねない。はやく引退して、皇太子に政治をおこなわせたほうがよい」

保衣は田横にうちとけるようになった。

毎夜、美膳がならべられるが、蘭と保衣は多くを食べなかった。田横はその美膳をみて、道路を作るために働いている者たちを想《おも》った。田横があまり箸《はし》を動かさないのをみた蘭が、

「体調でも悪いのか」

と、問うた。田横は箸を置いて、

「粗悪な菽粟《しゅくぞく》で、皇帝のために働いている者が、何万といるのです。わたしはこれらの膳をかれらのもとへ運んでゆきたい」

と、強い声でいった。蘭はしばらく田横をみつめていた。

――こういう男がいるのか。

楼煩の族のなかで、男というのは、勁《つよ》さがすべてである。その勁さのなかには狩猟の巧《うま》さもふくまれており、要するに配下の者を養う力のある者が上に立つのである。血胤の尊さも、徳の高さも、支配力においては飾りにすぎず、楼煩の族人にとって中華の支配構造を理解することはむずかしい。ただし楼煩は、往時、趙《ちょう》という中華の大国の支配下にはいったことがあり、中華の風習に接したので、中華の思想に無理解できたわけではない。とはいえ、蘭にとってわからないことは、

「徳」

ということであり、徳が力をもち、人々を支配することができるというのは、どういうことか、見当もつかなかったが、田横の発言をきいて、

――それが、徳か。

と、ふとおもった。

旅はつづく。田横は護衛の長である岸当に、

「人数の多さを過信しないでもらいたい」

と、いった。蘭を殺せ、と命じられた者たちは使命をはたさなければ帰ることがで

きないのであり、かならず襲撃を敢行するにちがいない。しかも蘭を狙《ねら》う四十人は、すべて騎兵であり、神出鬼没である。

「わかっています」

岸当の返辞には軽佻《けいちょう》さはない。

やがて荒涼たる風景になった。草木がなく、石と砂だけの起伏が前途にひろがった。いちど集団を停めた岸当は、蘭のもとにきて、

「ここがもっとも危険です。速度をあげます」

と、いい、歩兵を走らせた。蘭を護《まも》るように保衣の馬車が前に、田横の馬車が後に付いた。砂地にはいって馬車の速度がにぶったとき、左右の砂丘に騎兵の影が生じ、その影が急速に迫ってきた。かれらが放った矢が、田横の眼前を通過した。

盾を立てた田横は戟《げき》をとった。

「まえの馬車の横につけてくれ」

と、御者にいったとき、視界のなかの騎兵の影がにわかに大きくなった。田横は戟を突きだした。手ごたえがあった。馬上の影は消えていた。気がつくと岸当の指揮で円陣が形成され、盾の内側から弩《ど》が発射された。弩箭《どせん》の殺傷力はすさまじい。それにもかかわらず突撃してきた二騎がある。田横の戟がうなりをあげた。同時に蘭が放っ

た矢が飛んだ。

つぎの瞬間、騎兵のいのちが消えた。

田横は蘭の臣下になってから冠をつけるようになったが、その冠が矢で飛ばされた。すさまじい攻撃にさらされたのである。だが、岸当は兵をはげまして円陣のなかを悠然と歩いていた。弩をあつかう兵があおむけに倒れると、岸当はその弩をとって敵兵を狙った。発射された弩箭はひとりの騎兵を殪《たお》した。

「やっ、敵が退いてゆく」

田横はほっとした。岸当が射殺したのは、騎兵の長であったらしい。この小さな戦場に敵兵の屍体《したい》が八つ、蘭の護衛兵の屍体が三つ、横たわっていた。それらを放置したまま、岸当が出発しようとしたので、

「待った」

と、田横が声を揚げた。屍体を日に曝《さら》し、鳥の餌《えさ》にするつもりか。

「何をしたいのか」

と、岸当はふりかえった。

「母は大地の化身であり、人は大地から生まれて、大地に帰ってゆくものだ。ここで死んだ者は、このままでは大地に帰れない。埋めてやりたいので、人数を貸してく

れ」

　田横の発言はあたりの人々を感動させた。岸当は配下の数人に、

「手伝ってやれ」

と、命じた。すると蘭が馬車をおりて、

「わたしも穴を掘ろう」

と、いったので、大半の者が砂地を掘りはじめた。それから屍体を穴の底に沈めた。

じつはその光景を、いちど退いた楼煩の騎兵が砂丘の上からながめていた。以後、かれらは蘭を襲撃することはなかった。

　李斯の客のなかに、

「藺林《りんりん》」

というじみな男がいる。かれは護衛のひとりに選ばれて、集団のなかにいたが、田横の発言をきいたとき、いつもはねむそうな細い目がするどくひらかれた。かれは馬車にもどろうとする田横に、

「あなたは周《しゅう》の文《ぶん》王のごとき徳をもっている。上郡に着いたら、あなたの客になりたいが、どうか」

と、他人《ひと》にはきこえないような声でいった。

「蘭どのの処遇しだいだな」

「皇太子は高徳の人だ。蘭さまやあなたのような仁義をもっている人をお喜びになる。わたしにも運がむいてきたようだ」

　蘭林は李斯の客としては不遇のようである。それで咸陽をでて地方の勢力家のもとにゆこうと考えていたらしい。勘定高《かんじょう》い男にみえるが、話をしてみるとそうでもない。

「丞相はわたしの異才をみぬけなかった」

と、ねむそうな顔をして高言を吐いた。どのような異才かと問えば、

「嚢中《のうちゅう》の錐《きり》のようなものだ」

と、答えた。

「蘭林どのは毛遂《もうすい》の生まれかわりであったか」

　田横は大笑した。

　ふたりの対話にはすこし説明が要《い》るであろう。戦国七雄の時代に、趙の国都である邯鄲《かんたん》が秦軍に包囲された。趙の宰相《さいしょう》である平原君《へいげん》はみずから南方の楚《そ》の国へゆき援護を求めようとした。文武にすぐれた者を二十人随従させることにしたが、十九人を選んだあと、あとひとりがみつからなかった。すると食客のひとりである毛遂という者が自薦した。平原君はいやな顔をして、

「賢人が俗世にいるのは、たとえてみれば嚢《ふくろ》のなかに錐をいれておくようなもので、その先端はたちどころにあらわれる。先生はわが家にきて三年になるのに、先生を称《ほ》める者はなく、良い評判をきいたこともない。先生はだめだ。残ってもらいましょう」

と、いった。すると毛遂は、

「いま嚢のなかにいれてもらいたいと請《こ》うているのです。もっと早く嚢中にあれば、柄《え》までつきでていたでしょう。先端があらわれるどころではありませんぞ」

と、自信満々にいった。ついに平原君は毛遂をくわえた二十人を随《したが》えて楚に行った。平原君は楚王を説得すべく、朝から論議をおこなったが、日没までに結論がでなかった。すると剣に手をかけた毛遂が階段を登り、堂上をすすんで、楚王を脅迫した。おどろいた楚王は、毛遂の説諭《せつゆ》をきき、

「まことに先生の言のごとし」

と、いったので、盟約が成立し、けっきょく楚軍などの救援を得ることになったのである。帰国した平原君は人物をみぬけなかった自分を恥じると同時に、毛遂を上客として待遇した。

「わたしの配下は二十人もいませんよ」

と、田横がいうと、藺林は首を横にふった。

「平原君が楚へつれて行った二十人は、毛遂をのぞけば、たいしたことはなかった。あなたは周の八士のごとき人物を得られよう」

周の八士とは周の文王と武《ぶ》王を佐《たす》けた八人をいう。儒教を学んだ者がもちいる名詞である。当然、藺林は儒生であったのであろう。田横は儒教を好まないが、藺林の人柄に好感をもった。

――知恵もある。

と、みた。田横はいちど馬車に乗ったが、負傷者をみて、

「わたしは歩く。あの者を乗せてやってくれ」

と、御者にいい、足に矢をうけた者を馬車に乗せた。馬車に乗せられた兵は田横に目礼した。それをみた保衣も馬車からおりて負傷兵をいたわり、馬車に乗せた。

「蘭さまの従者は、仁《じん》をもっている」

と、護衛兵はまたしても感動してささやきあった。田横を横目でみた岸当は、首をひねった。蘭の従者であれば楼煩人であるが、どうみても中華の出身者である。いつ田横は蘭の従者になったのであろうか。

ついにこの集団は上郡の郡府に到着した。岸当はまず郡守のもとへゆき、李斯から

の書翰《しょかん》を渡した。顔色を変えた郡守は、

「将軍は不在であるので、わたしが皇太子のもとへゆきましょう。同道なされるとよい」

と、いい、あわただしく郡府をでて、皇太子邸へむかった。上郡には門の外に軍の駐屯地《ちゅうとんち》があり、そこに蒙恬の宿舎もあるが、牆壁《しょうへき》のなかに蒙恬邸があり、その近くに皇太子邸がある。行政は郡守がおこなっているが、北方の軍事は、蒙恬が一任されておこなっており、蒙恬を監視する任を皇太子の扶蘇が負っているので、郡守は蒙恬と皇太子に気をつかわねばならない。

扶蘇は父の始皇帝を諫《いさ》めたため、上郡へ遷《うつ》されたが、蒙恬に同情され、郡守に鄭重《ていちょう》に迎えられて、この地は不快ではなく、むしろ快適になった。

「咸陽に異変がありましたら、かならずそれがしにお命じください」

と、蒙恬は扶蘇にいった。異変というのは、始皇帝が急死して扶蘇の弟たちが悪心を起こして帝位に即《つ》こうとするようなことをいう。蒙恬は最強の軍をにぎっている。扶蘇を助けてこの軍を用いれば、破れぬ敵はない。

「将軍を恃《たの》むような事態は望ましくないが、やむなく起《た》たねばならぬときは、将軍に頼るしかない」

と、扶蘇はいった。上郡での生活はおだやかなものであった。

蒙恬と上郡の郡守は側室をもつことを扶蘇に勧めた。扶蘇の年齢は三十代の前半にあるのに、ひとりの子も得ていない。皇室の血胤の正統さを想うとき、それが不安である。しかし扶蘇は、

「咸陽に帰ってから考えてみる」

と、いうだけで、側室をおかなかった。それでも蒙恬と郡守は、郡内にかぎらず、東隣の太原《たいげん》郡や西隣の北地《ほくち》郡の名家で育った美女を捜しだして、扶蘇に仕えさせた。が、ひとりの女《むすめ》も扶蘇の寵愛《ちょうあい》をうけず、侍女のままであった。蒙恬と郡守は首をかしげてため息をついた。李斯の書翰を読んだ郡守は、

「そういうことであったのか」

と、つぶやき、皇太子邸へ急行した。同行した岸当はべつな書翰をもっている。邸内にはいったふたりは喜色に満ちた皇太子を仰ぎみた。すぐさま岸当は書翰をさしだした。

書翰を読みはじめた扶蘇の手がふるえ、やがて目から涙がながれ落ちた。読み終えた扶蘇は、いちど目をつむり、涙をぬぐってから、

「なんでわが子をこばもうか」

と、いい、すぐに会いたい、とふたりをうながした。ふたりは郡府のまえで吉報を待っていた蘭に皇太子のようすとことばをつたえた。

「ああ、父上にお会いできるのか」

蘭は晴れやかな顔になった。楼煩に帰ることができない蘭は、父にうけいれてもらえなければ、放浪の旅をつづけなければならない。ここで最大の懸念《けねん》が消えたのである。

田横は蘭の従者として皇太子邸にはいった。飾りのない邸であるが広大であった。その庭で田横と保衣は待つことになった。宮室の奥へは蘭と岸当と郡守がすすみ、皇太子に面謁《めんえつ》した。扶蘇は蘭の顔立ちに楼煩の王女のおもかげをみつけて、

「おお……、よく、きた」

と、小さく感動の声を発し、岸当と郡守をねぎらってしりぞかせた。

「父上……」

くりかえし母からきかされていた秦の皇太子を眼前にして、蘭は涙をながした。想像のなかにいた父は無限の優しさをもっていたが、まぢかにいる父は想像通りの人であった。扶蘇は席を起《た》ち、蘭の手をとり、抱き寄せた。が、おどろいたように身をはなして、

「そなたは、女か……」

と、蘭の目をのぞきこむようにいった。

「はい」

と、蘭はためらわずにうなずいた。

「李斯からの書翰では、男子とあった」

「丞相はご存じではありません。わたしは楼煩では男子として育てられ、それを知っている者は、従者の保衣のみです」

「おどろいた。わたしもそなたを男子であるとおもい、この胸で抱かなければ、そう信じつづけたであろう。この上郡には、四人が送られてくるし、各郡から人がながれこんでくるので、治安がむずかしい。男子としてすごすがよい。秋までにはそなたと従者のための家を建ててつかわす」

と、扶蘇は明るい声でいった。

「父上にお願いがございます。蒙恬将軍のもとで働いている者たちのなかの十数人を、新築の工事にまわしていただけませんか」

「ほう、どういうことかな」

扶蘇は蘭の話をききはじめた。

翌日から蘭は皇太子邸の一室で生活するようになり、田横と保衣は邸内の長屋にはいった。その際、庭先にひかえたふたりに扶蘇がじきじきに声をかけた。まず保衣に、

「蘭を護《まも》って楼煩をでて、生き残ったのは、なんじひとりであるときいた。よくぞ蘭を護りぬいてくれた」

と、いい、田横には、

「途中で蘭に従い、その武術と機略で蘭の危難を払ってくれたときいた」

と、称め、ふたりに衣服と車馬をさずけた。さらにふたりを皇太子の重臣に準ずることとした。それによりふたりにはそれぞれ家僕が数人つくこととなった。わずかに首をあげた田横は、

「李丞相の客である蘭林が、わたしに仕えたいと申しておりますが、邸内にいれてよろしいでしょうか。間人《かんじん》ではないと断言できます。間人であったら、わたしが斬《き》ります」

と、いった。

「李丞相はわたしの誤解に苦しんだようだ。すまぬことをした。その者は、蘭の客とせよ。なんじの剣術の妙技は蘭からきいた。外出するときは保衣に手綱をとらせ、田横に護衛させるかもしれぬ」

扶蘇のこの一言で、保衣と田横は、ふたりの主人をもつことになった。蘭を護衛して上郡にきた者はすべて帰途についたが、ただひとり残った藺林が長屋の一部屋にはいり、田横につきそわれて蘭に面謁した。

「あなたさまをお輔《たす》けできるように努めます」

と、いった藺林の横にいた田横は、

「この者は、李丞相の密命を帯びて、皇太子とあなたさまを見張る間人かもしれません。あなたさまのご命令がなくても、間人とわかればわたしが斬ります。どうかおふくみおきください」

と、はっきりいったので、保衣の目つきが変わり、藺林は烈しく首を横にふって、

「なにを申されるか。わたしは皇太子を尊敬している」

と、顔を赤くして田横をなじった。

「わかった。わたしはあなたのことを何も知らぬ。が、田横が信じる者を信じ、疑う者を疑う。わたしの客であるが、田横を佐けてもらいたい」

と、蘭はさわやかにいった。

あとで藺林は、

「ひどいことを申されるな」

と、田横を睨《にら》んだ。しかし田横は、

「李丞相は天下の隅《すみ》のことまで知らねばならぬ立場にある。皇太子と蘭さまのことを知らぬままでよいはずはない。わたしが李丞相であれば、あなたのような、人に用心をさせぬ知者に、密命をさずける」

と、はっきりいった。蘭林は横をむき、

「何とでもおもいなされ」

と、不機嫌な声でいった。田横は一笑し、

「李丞相がほんとうの知者であれば、皇太子が咸陽に帰還できるようにはからうものだ。それができないのなら、その知は卑《いや》しい」

と、するどくいった。

数日後、保衣は田横とふたりだけになったとき、

「蘭林という者は間人なのか」

と、問うた。目で笑った田横は、

「まちがいなく、そうです。ただし、李丞相が善意で送りこんだ者であるかもしれない。間人といえば、郡守もそうで、皇太子のようすを中央に報告している」

と、あっさりといった。保衣は目を見張った。

「すると皇太子が信頼してよいのは……」

「蒙将軍だけでしょう」

話題の蒙将軍が上郡に帰ってきたのはそれから十日後である。かれは恪勤《かっきん》の人で、皇太子に伺候《しこう》せずに帰宅することはない。このとき蘭のための家を建てるべく、基礎工事がはじめられていた。

邸内にはいった蒙恬はすぐにそれに気づき、

「宮室をお拡《ひろ》げになるのか」

と、扶蘇の臣下にきいた。

「あの宮室にお住みになるかたについては、皇太子がお話しになるでしょう」

そういわれた蒙恬は、

――皇太子に寵妾《ちょうしょう》ができたのか。

と、内心悦《よろこ》んだ。しかしこの将軍を迎えたのは扶蘇と蘭であった。三人だけの室《へや》のなかで、扶蘇は、

「わが子である」

と、いって蒙恬をおどろかしたが、蘭が女であるとは明かさなかった。ここで扶蘇と蘭はながながと話をした。きき終えた蒙恬はなんどもうなずいてから、

「お話を疑うわけではありませんが、田横という者に会ってみたい」

と、いい、別の部屋へゆき、田横と対談した。

——これが名将の蒙将軍か。

匈奴《きょうど》をふるえあがらせている猛将は、さぞや傀然《かいぜん》たる人であろうと想《おも》ったが、田横の眼前にいる人は、さして田横とちがわぬ体軀《たいく》をもっていた。

「皇太子と蘭さまからお話をうかがったが、なんじの口からききたい」

と、蒙恬はいった。その口調と態度に誠実さを感じた田横は、

「将軍は許負という人相見をご存じでしょうか」

と、許負を助けたことから、上郡に蘭が到着するまえに楼煩の兵に襲われたことまで、くわしく語った。

「おどろくべきことだ」

さすがの蒙恬も小さくうなった。

「将軍のご監督下にいるわが配下は、おそらく帰途に殺されるでしょう。ご高配をたまわりたく存じます」

田横は深々と頭をさげた。

「ふむ、皇帝のために働く民を、皇太子のためによこせ、とはいえぬ。中央に許可を

申請せねばならぬ」

と、蒙恬はむずかしい顔をした。

「恐れながら、李丞相にご依頼することはできませぬか」

「あの丞相は、昔の張儀《ちょうぎ》よりぬけめのない男だ。かかわりをもたぬほうがよい。わしには弟がいる。弟に頼んでみる」

蒙恬の弟を蒙毅《もうき》といい、始皇帝の信任が篤《あつ》い。

沙《さ》丘《きゅう》の風

秋になっても吉報はなかった。

蘭《らん》のための宮室は完成し、それに付属する田横《でんおう》と保衣《ほい》のための家の竣工《しゅんこう》も近かった。

突然ふたりは蘭に呼ばれ、

「父上の従《とも》をする」

と、いわれて、保衣は御者《ぎょしゃ》となり、田横は馬車で随従した。皇太子である扶蘇《ふそ》の馬車は、蒙恬《もうてん》将軍が作らせた直通の道路にでて、速度をあげた。従う馬車は十数乗である。この高速道路の長さは、

「千八百里」

である。北の終点は九原《きゅうげん》であり、南の終点は雲陽《うんよう》であり、雲陽から遠くないところに甘泉《かんせん》がある。皇太子の馬車が南下をつづけるので、

――咸陽《かんよう》に帰還するのか。

と、田横はおもった。同乗者である藺林《りんりん》は、

「甘泉宮へゆくのかもしれません」

と、いった。甘泉には秦《しん》の離宮がある。日をかさねて着いたのは、雲陽であった。

そこで扶蘇を迎えたのは蒙恬である。

「ご検分くださったように、道路は完成したも同然で、竣工式をおこなうことにしました。ご臨席をたまわり、かたじけなく存じます」

「将軍、さぞや難工事であったろう。よくぞ成し遂げた。さっそく皇帝に報告するであろう」

と、扶蘇は称《ほ》めた。

宿舎にはいるまえに、田横だけが蒙恬に呼ばれた。

「弟の調査によれば、なんじが申した通り、臨淄《りんし》郡の監《かん》と狄《てき》県の令には不審なことが多い。また工事をおこなう人数は、中央が要請した通りの人数が狄県からきている。なんじのほかに十人の囚人らしき者が出発したとすれば、途中で消去するように定められた数であり、役人を処罰するわけにはいかぬ」

「用意周到なたくらみであるとおもわれます」

田横はくやしさがこみあげてきた。

が、つぎの蒙恬のことばが田横の愁眉《しゅうび》をひらかせた。

「狄県からきた者は、竣工式が終われば、帰郷する。だが、田《でん》氏の家人には爵《しゃく》一級を加えることにして、上郡の皇太子邸の増築工事をおこなう」

「まことですか」

田横の全身が喜色に染まった。

「柳亘《りゅうこう》という役人だけを残すことにした」

「ああ、このご恩は死んでも忘れません……」

田横は地にひたいをつけて、蒙恬に感謝した。これで華無傷《かぶしょう》や田解《でんかい》に会える。

「その者たちは工事の地から上郡へむかうので、ここにはこぬ」

「上郡へもどるのが楽しみになりました」

「蘭さまのお話では、なんじは千人にひとりの剣士であるそうだな。器量も巨《おお》きそうだ。できることなら、このまま皇太子にお仕えして、やがて皇帝に即位なさる皇太子を佐《たす》けてもらいたい。なんじはすぐれた良臣になるであろう」

そういった蒙恬は席を立った。田横は呆然《ぼうぜん》とした。考えてみれば、自分は一家を建てているわけではなく、兄を助けているにすぎない。皇太子の重臣となって、多くの臣下を養うことに、何の支障もない。蒙恬将軍のことばのうしろには皇太子の意向があり、

「田横を側近としたい」

というようなことが、蒙恬将軍につたえられたのか。

――夢のようなことだ。

狄県の郷士が次代の皇帝の近侍になることなど、ありうることではない。

翌日、竣工式がおこなわれた。千人ほどの人のまえに皇太子が姿をあらわした。扶蘇は工事をおこなった者にねぎらいのことばをあたえ、人夫の長には親しくことばをかけた。皇太子をまぢかでみた者たちはひとしく感動した。

――この皇太子が皇帝になれば、皇室と王朝は栄えるであろう。

そうおもわぬ者はなかった。

皇太子と蘭が上郡にもどるころ、ひとりの使者が華《か》山の北にある平舒《へいじょ》の地をすすんでいた。突然、道の中央に人影が湧《わ》きでた。馬車を停めた使者は、誰何《すいか》した。よくみると、その人は璧《へき》をもっている。名告《なの》らぬまま、その人はゆっくりと馬車に近づいてきた。

使者が息を呑《の》んだとき、男は璧をさしあげて、

「わたしのために滈池《こうち》君へ遺《おく》ってくれ」

と、いった。滈池は咸陽にある池の名であり、君という敬称をつけたのは、滈池の水神をいうのであろう。使者が璧をうけとると、

「今年、祖龍《そりょう》が死ぬであろう」

と、男はいった。使者がそのわけを問おうとすると、男は消えてしまった。が、壁は消えなかった。

始皇帝に報告する際にその璧をさしだした使者はつぶさに語った。始皇帝は黙然としていたが、しばらくして、

「なんじが遭ったのは、華山の山鬼《さんき》であろう。山鬼はせいぜい一年間のことを知るにすぎない」

と、不機嫌そうにいった。それから室外にでて、

「祖龍とは人の先祖のことであり、わしのことではない」

と、つぶやいた。始皇帝は幼年時代に趙《ちょう》という国にいて迫害された。そのせいだけではあるまいが、危険を予知する能力がすぐれており、霊力を感じやすい体質でもあった。高楼に登ったとき、東南のほうをみて愕然《がくぜん》とした。

――天子の気がある。

始皇帝にはみえるのである。天子の気は咸陽に立たねばならないのに、はるか東南のほうに立っている。始皇帝が東南を遊幸したのはその気を鎮《しず》めようとしたためだといわれる。しかしその忌《い》むべき気はいまだに消えていない。嫡子の扶蘇が上郡にいる

のであるから、あるいは天子の気は北のほうに立たねばならぬのに、東南のほうに立つとはどういうことか。咸陽の東南にある郡は、南陽《なんよう》郡、陳《ちん》郡、泗水《しすい》郡、東海《とうかい》郡、衡山《こうざん》郡、九江《きゆうこう》郡、会稽《かいけい》郡などである。むろんこの時点で、泗水郡から劉邦《りゆうほう》が、会稽郡から項羽《こうう》がでるとは、たれも予想しえない。

始皇帝は宝物係りというべき御府《ぎよふ》に璧をしらべさせた。するとその璧は、天下を統一してから三年目に、仙人を求めるために海にのりだす徐市《じよふつ》を見送ったあと、江水《こうすい》（長江）を渡ったが、そのとき沈めた璧であるとわかった。

――水底にあるべき物が、なにゆえここにあるのか。

さすがに始皇帝はふしぎさと不吉さに打たれた。

「卜え《うらな》」

と、始皇帝は近侍の者にいい、この命令はすぐに卜人《ぼくじん》につたえられた。この場合、卜えとは、不吉を祓《はら》え、ということで、始皇帝の鬱怏《うつおう》を除くような卦《か》をだす必要がある。

――游徙《ゆうし》すれば吉。

というのが卜人がだした卦であるが、要するに気晴らしのために旅行すれば吉《よ》い、というもので、どういうわけか旅行ずきの始皇帝が春から宮殿の外にでることがなく、それを知っている者なら、たれでもだせるような卦である。

「そうか」

始皇帝の気分があらたまった。それをみて近侍の者はほっとした。すでに十月であり、秦の暦では新年を迎えている。ところで始皇帝は、秦を滅ぼすものは胡《こ》であるという予言を恐れつづけ、北辺の防備のために、上郡の北部にあたる楡中《ゆちゆう》に三万家《か》を移住させ、爵一級をさずけた。匈奴《きようど》などに侵略された場合、楡中につくった聚落《しゆうらく》は進攻の速度をにぶらせる牆垣《しようえん》となるであろうし、三万家から兵を徴集しやすい。まっすぐに九原に達する道路の開通を報《しら》せる使者がきた。いままで大軍を九原に到着させるのにひと月かかった。が、その道路をつかえば十日ほどで着くであろう。北の守りのために打てる手はすべて打ったという意《おも》いの始皇帝は、

「東南へゆく」

と、遊幸の方向を指示した。

――扶蘇を呼びもどしてやろうか。

と、始皇帝はおもった。皇帝が不在の咸陽に皇太子がいたほうがよいのであるが、ほかの子がいる、とおもいなおした。

――去疾《きよしつ》にまかせておけばよい。

霍去疾《かく》は右丞相《ゆうじょうしょう》である。左丞相の李斯《りし》を随従させることにした。始皇帝が従者を選び終えたとき、末子である、

「胡亥《こがい》」

が訴えにきた。従をしたい、というのである。自分の子への愛情をはっきりしめしたことのない始皇帝であるが、胡亥には甘く、けっきょくその願いを容《い》れた。従者のなかには蒙恬の弟の蒙毅《もうき》もいる。かれは始皇帝の出遊《しゅつゆう》を兄に報せた。

十月癸丑《きちゅう》の日に、始皇帝は出発した。

皇帝の乗り物をつかさどる者を中車府令《ちゅうしゃふれい》といい、このとき、

「趙高《ちょうこう》」

という者がその官職にあった。

始皇帝の出遊はこれが最後であり、生きては還《かえ》れぬ旅行となった。ただし、もしも始皇帝が北の諸郡を巡幸《じゅんこう》するのであれば、游徙すれば吉、という卜いはあたっていたといえるのに、始皇帝が東南にこだわったことが不運を招くことになる。ついでながら、東南の方向に天子の気をみたのであれば、それを消すにはどうしたらよかったのか。始皇帝はその気を威圧しようとしたが、方法は逆であったというべきである。皇帝は自身の恭粛《きょうしゅく》を天下にしめせばよく、その明確な表現は、

「大赦令」

をくだすということである。そういうことをふくめて人民を縛っている綱をゆるめれば、東南の天子の気は消えたであろう。政治は人を愛することが基本にあり、そこをまちがわなければ、才徳がとぼしい君主でも悪政をおこなうことはない。が、不幸なことに、始皇帝は人の愛情において孤独であった。かれには二十余人の子がいるが、かれらに権能をあたえて器量を活用するということをまったくしなかった。それについて異論をとなえた者がいなかったわけではない。淳于越《じゅんうえつ》という博士が、

「いま陛下は海内《かいだい》を保有なさっていながら、ご子弟はなお匹夫《ひっぷ》であられる。もしも田《でん》常《じょう》や晋《しん》の六卿《りくけい》のごとき臣がでたとき、輔弼《ほひつ》がなければ、どうして皇室を保つことができましょう」

と、進言したことがある。田常は斉《せい》の王位を簒奪《さんだつ》し、晋の六卿は超大国を分裂させた。君主が子弟に大きな権能をさずけなかったため、臣下の肥大化を抑止しえなかった例がそれである。しかし始皇帝はその意見をしりぞけ、自分の子を高位に就けず、国を建ててやるということもしなかった。夾雑物《きょうざつぶつ》のない郡県制度を維持しつづけた。この制度の美しさが未曾有《みぞう》の醜悪さを招くのであるから、人は人文に関心をもち尊重すべきである。始皇帝は天文にしか興味をもたなかったのかもしれない。

始皇帝が咸陽をあとにしたころ、柳亘に引率された田氏の家人が、上郡にはいった。

「まだ、帰れない」

と、いった華無傷は田解と顔をみあわせてため息をついた。だが田解は、

「汪代《おうだい》やほかの役人から離れたことは天祐《てんゆう》かもしれない」

と、いった。

上郡で皇太子邸の増築工事に従う者が田氏の家人に限定されたことを知った汪代は、いぶかしさをあらわにして、

「どういうことですか」

と、上司の柳亘につめ寄った。

「わたしにもわからぬ。わかっていることは、わたしは上郡へゆき、なんじは狄県の民を率いて帰るということだ。それ以上のことを知りたければ、咸陽の朝廷に問うか、蒙将軍に質《ただ》すことだな」

柳亘にそういわれた汪代は黙ってしまった。考えるまでもなく、柳亘のような地方の役人が、中央の行政を左右するほどの力をもっているはずはなく、この決定は偶然であると想《おも》うほかはないであろう。しぶしぶ汪代は帰途に就いた。

――汪代の不審は、もっともだ。

柳亘も内心首をかしげていたのである。

皇太子邸の増築は臣下の住居が未完成で、みたところ冬のあいだに終わりそうである。春には狄県にもどれる、とおもうと柳亘はほっとした。柳亘には妻子があり、早くぶじな顔をみせてやりたい。

工事を監督しているのは上郡の郡守である。郡府に到着を報告すると、いきなり、

「夜間の看守をしてもらう。ついてまいれ」

と、いわれ、皇太子邸に引率された。邸内にふたつの看守小屋があり、そのひとつにはいった郡の役人は、なかの人夫たちに、

「交替の人数がきた。そのほうどもの夫役《ぶやく》は今日までである」

と、いい、引き継ぎをおこなわせた。柳亘は看守の規則を教えられた。

――見張りをするだけか。

労働というほどのものは何もない。これで爵一級を加増してもらえるのは悪くないと意う一方で、この程度の仕事でなぜ上郡へまわされたのか、と柳亘はふたたび疑念をもった。

田横は配下の者が皇太子邸にはいったことを知ったが、姿をみせなかった。汪代が人をつかって上郡をさぐらせることもありうると用心したからである。

雪がふりはじめた。積雪をみた柳亘は落胆した。雪が消えるまで工事は中止されたままであることを知った。

——狄県へ帰るのは、夏か。

柳亘にとっては長い冬であった。その間、数回、皇太子の外出を遠くからみかけた。むろん従者もみた。その従者のひとりが田横であるとは夢にもおもわなかった。

雪がまだ残っているうちに工事は再開された。

それから半月後に雪は消えた。田横は、

「頼みがある」

と、藺林《りんりん》にいった。兄の田栄《でんえい》に自分が生きていることを報せてもらいたい。

「それから千乗県《せんじょう》へゆき、父が来氏《らい》、母が程氏《てい》の小珈《しょうか》という女《むすめ》に会ってきてもらいたい」

「たやすいことだ」

ひとりの従者とともに、すぐに藺林は出発した。それを知った保衣は、

「藺林が間人《かんじん》であれば、なんじの頼みをことわって、蘭さまと皇太子を見張らねばならぬのに、二、三か月もここを空《あ》けてしまう。藺林は間人ではあるまい」

と、笑いながらいった。

「そうかな」

田横も笑った。

さらにひと月が経《た》ち、工事は終了した。田横と保衣は新家屋へ移ることになった。邸内の小屋をとりこわしてかたづければ夫役を終えることになる田氏の家人と柳亘は、皇太子の臣下からさずけられた酒肉をみて、大いにはしゃいだ。夜、新家屋に明かりが灯《とも》ったとき、柳亘だけが皇太子の臣下に呼びだされた。

「こちらへ――」

と、いわれて、あとを歩いてゆくと、新家屋のまえまできた。履《くつ》をぬぐように、といわれたとき、柳亘は困惑した。

「さあ――」

と、うながされて、新築の家屋のなかにはいるや、酔いがさめた。一室にみちびかれた。さすがに柳亘は不安になった。

「ここはどなたのお住まいですか」

この問いがきこえなかったようにその臣下は、

「皇太子のご重臣がまもなくおいでになる」

と、いい、静かにしりぞいた。

——よく働いた、とねぎらってくれるのか。

想念を明るくするために、そうおもったが、考えてみれば、夜間の看守をおこなったにすぎず、褒《ほ》めてもらえるようなことはしていない。室内をながめながら、柳亘はいよいよ不安になった。

突然、酒と膳《ぜん》がはこばれてきた。直後に、

「おお、きたか」

という声がきこえた。柳亘はあわてて床《ゆか》にひたいをつけるほどからだを折りまげた。

「明日は帰郷するのであろう。今夜は、ぞんぶんに食べ、呑《の》んでくれ」

顔をあげるまえに箸《はし》をもたされた柳亘は、

——やれやれ。

と、安心した。ほかの工事に従ってくれといわれるのではないか、と心配していたので、帰郷ということばをきいて、胸のつかえがとれた。

「ありがたい仰《おお》せですが、配下の者をねぎらってやりたいのです。酒肉をいただいて、みなに頒《わ》けてやりたいと存じます」

と、柳亘は身を起こしたものの、うつむきがちにいった。

「いいこころがけだな、柳亘——」

この声に、目をあげた柳亘は、眼前にすわっている男を凝視した。あっ、と小さく叫んだ柳亘は、箸をとり落とした。

「田横――」

「田横さま、といってもらいたいな。いまは皇太子の重臣だ。吊り橋の下から起きあがった幽霊ではない」

「まさか……」

「なんじは知るまいが、わたしを殺そうとしたのは汪代だ。汪代に命じたのは県令だ。その県令を脅《おど》しているのが郡監だ。臨淄郡は汚吏《おり》の巣になっている」

「わたしは汚吏ではない」

「知っているよ。だから、わたしの配下を上郡までつれてきてもらった」

「そういうことか」

「得心《とくしん》がいったところで、明日は、独りで出発してもらう」

「冗談はよしてもらいたい」

柳亘は微笑した。

「冗談ではない。狄県へ帰ったら、県令へは、上郡に引率した者はすべて疫病《えきびょう》で死にました、と報告せよ。それが、なんじが助かる道だ」

「妄《うそ》の報告をすれば、わたしは処罰される」

「妄であろうか。県令の問いに、上郡の郡府は、そのように答えるであろう。みなをつれて帰れば、なんじは死ぬ」

「いっていることが、わからない」

田横は膝《ひざ》をすすめて柳亘に杯をもたせた。

「汪代は帰途にわが配下となんじを殺すつもりであったのに、はたせなかった。そこで、こんどは狄県の外で賊とともに待ち伏せするにきまっている。なんじが独りであるとわかれば、殺すのをやめるであろう」

おどろきのあまりからだが乾燥してきたような柳亘の杯に、田横は酒をそそいだ。その杯をまたたくまに干《ほ》した柳亘は、

「県令は悪人かもしれぬ。が、狄県の田氏は血胤の尊さを誇り、県令をはじめ、県の役人をないがしろにしてきた。いままでの県令は田儋《でんたん》や田栄をはばかってきた。いまの県令はそういう悪風を熄《や》めようとしたともいえる」

と、目をすえて切言した。

「なるほど、県令にとって、わが田氏は目ざわりであったか。だが、われわれは県令をないがしろにしたわけではなく、苛政《かせい》によって喘《あえ》ぎながら生きている民に同情し、

できるかぎり力になろうとしただけだ。いつの世でも、民に反省をうながす為政者は暗愚だよ。わたしは皇太子にお仕えするようになって、多少の学問はした。殷《いん》の湯王《とう》が天下を平定するまえに、こういった。人は水に映る自分を視《み》て、おのれの形がわかるように、民を視れば、政治がよくおこなわれているかどうかわかる」

「田横どの……、皇太子が皇帝に即位なさったら、ゆるやかな政治を実行なさるだけでよい。夫役は厳しすぎる。わたしの願いはそれだけです」

と、いった柳亘は、頭をさげたあと、ゆらりと立った。

翌朝、邸内にある小屋はすべてとりこわされ、かたづけられた。人夫がつぎつぎに去ってゆく。最後になった柳亘は田氏の家人にむかって、

「長い間、よく働いてくれた。わたしは狄県に帰るが、そのほうどもを引率はせぬ」

と、いった。小集団からざわめきが生じた。華無傷が柳亘にくってかかった。

「置き去りにするのか。きたないぞ」

「そのほうどもは、別な人に仕えるのだ。あれが、その人よ」

柳亘がゆびさすほうを、みながいっせいにみた。燦々《さんさん》とふる陽射《ひざ》しのなかをひとりの男が歩いてくる。皇太子の側近のひとりのようである。それをみた田解は、

「われわれは邸内の廝役《しえき》となり、生きては臨淄郡へ帰れぬということか」

と、柳亘をなじるようにつめ寄った。

「心配するな。そのほうどもの主人は良い人だ」

顔をそむけた柳亘は、近づいてきた人に一礼した。


時が、一瞬、停まったようであった。

「みな、ぶじであったな」

この田横の声が全員の歓喜をはてしなく高揚させた。

「先生――」

死んだとおもった田横がなぜここにいるのか。そう問うまえに華無傷の心身ではじけるものがあった。田解は激情家であるのか、すでに泣いていた。ほかの者も、笑い、泣いていた。跳ぶ者もいれば、膝をついて動かない者もいる。ふしぎな声が田横をとりまいた。いつのまにか柳亘が去っていた。

「一昨日までつかっていた部屋が空《あ》いている。ついてくるがよい」

と、田横は長屋の部屋をわりあてた。それから十四人を庭に集めて、蘭と皇太子に仕えるまでの経緯を語った。

「狄県に帰りたい者がいるであろうが、みな疫病で死んだことになっている。帰郷を発見されると、柳亘が処罰される。したがって、妻子の顔がみたい者のために、家族をここへ呼びよせることをはかってみる」

田横にそうなぐさめられた者たちのなかで悲しげな顔をした者はひとりもいない。みな憤激している。県令と汪代の黠獪《かっかい》さを知って、復讎《ふくしゅう》したい、という顔つきである。

「天与の機というものがある。待つことも、修行のうちだ」

このあと田横は華無傷と田解を従えて、蘭のもとへゆき、謝辞を述べた。

「わたしは何もしておらぬ。父上のご高配による」

と、蘭にいわれたので、田横はふたりを庭にひかえさせて、皇太子に面謁《めんえつ》し、

「十四人のいのちを救っていただき、感謝申し上げます。これで危怖《きふ》からのがれました」

と、拝稽首《はいけいしゅ》した。

「ふむ、法は厳しいのに、なにゆえ悪徳の官吏《かんり》をとりしまることができぬのか」

解《げ》せぬ、という表情を扶蘇はした。

「悪を定めるのが、法のみであるからです」

「どういうことか」

「もともと善があるゆえに悪があったのです。いまは善行の者への表彰もありません。

罪ばかりを捜している法が、正しい法なのでしょうか」

「わかった」

扶蘇は立って庭にすわっているふたりに声をかけた。ふたりは身ぶるいをして稽首した。

「皇太子は高徳の人ですね」

感激した田解は長屋にもどってからも昂奮《こうふん》がさめなかった。その長屋の部屋にあがりこんだ田横は、

「そろそろ皇太子を咸陽へ還《かえ》す工夫をせねばならぬ。皇帝から寛恕《かんじょ》をひきだせるのは、方士《ほうし》か李斯だが、方士の侯生《こうせい》や盧生《ろせい》は逃げ去ってしまい、けっきょく皇帝の意向を左右することができるのは、李斯しかおらぬ」

と、田解と華無傷に教えた。

「蘭さまとは、どういうかたですか」

華無傷はそれが気になっている。

「あのかたは皇太子と楼煩《ろうはん》の王女のあいだに生まれた子だ。楼煩も胡とよばれる族のひとつで、皇帝が胡を嫌っておられるので、蘭さまが皇太子の子であると認知されることはないが、皇太子が皇帝になれば、すべては解決する」

「ああ、それでわかりました。先生は、やはり王になられるのです」

と、華無傷は烈しくうなずいた。

「わたしには、わからぬよ」

「皇太子が皇帝になれば、王侯の国を建てるのです。ふつう臣下は侯国をさずけられるのですが、先生は皇室の身内となり、王に封《ほう》ぜられるのです」

田横は苦笑した。

「許負《きよふ》先生の占いでは、王になるのはわたしだけではない。ふたりの兄も王位に即《つ》く。それはどうなるのかな」

「それは……」

華無傷は口をつぐんでしまった。

「わたしの客に藺林という者がいる。狄県と千乗県に行ってもらったが、あとひと月もすれば帰ってくる。藺林に知恵をだしてもらい、皇太子の帰還を実現させたい。あるいは、そのまえに咸陽へゆくことになるかもしれぬ」

いまのところ、田横には打つ手がない。

翌日から、田横は数人の配下に木剣をもたせて鍛えなおした。武術に関心のある保衣がきて飽かずに見守った。うわさが蒙恬将軍にとどき、

「わが配下にも、剣術を教えてもらいたい」

と、いい、十数人の武人を送りこんできた。華無傷と田解はかつて血へどを吐くほど練習し、剣術の天稟《てんぴん》があるのか、田横にかわって年上の弟子を鍛えるようになった。

四月末に、藺林が帰着した。冴《さ》えぬ顔つきであった。

「おお、待ちかねたぞ。兄と小珈は健勝であったか」

この田横の声にも表情を曇らしたままの藺林は、すわるやいなや、

「つらい旅でした」

と、やつれた声でいった。

「盗賊に襲われたのか」

「いえ、そういうことではないのです」

田横の胸に不安がよぎった。兄か小珈に、凶《わる》いことがあったにちがいない。

「何をきいても、おどろかぬ。話してくれ」

藺林はわずかに目をあげた。

「では、申します。小珈どのは、すでにお亡《な》くなりになっていた。自害したのです」

田横の呼吸がとまった。室内から色が消えた。

「死んだ……」

「狄県に帰った役人が、田儋どのと田栄どのに、あなたさまの死を語《つ》げたことで、小珈どのは伝え聞いて生きる希望を失ったうえに、狄の県令に召されようとしたため、縊死《いし》したようです」

きききながら田横は泣いていた。

「死んで、あなたさまと添い遂げようとしたのです」

「小珈――」

田横の胸のなかで何かが崩れてゆく。配下のいのちを救うことが先決で、小珈への報《しら》せを遅らせてしまったことが悔やまれる。さきに冥界《めいかい》へ旅立ってしまった小珈を呼びもどすことはできない。

「藺林どの、しばらく哭《な》かせてくれ」

そういった田横は藺林の退室をみとどけぬうちに烈しく哭泣《こくきゅう》した。馬車で去って行ったときの小珈の顔が、胸のなかで大きくなった。

この日から、ひと月のあいだ、田横は室外にでなかった。食膳は華無傷と田解が交替ではこんだ。

「田横はどうしたのか」

と、蘭は保衣にきいた。田横が出仕しなくなったからである。

「婚約者が亡くなったようで、喪に服しているとのことです」

蘭はふしぎなおもいを懐《いだ》いた。人には結婚ということがあるが、蘭はいちどもそのことを考えたことがない。好きでもない他人と同居することなどは、わずらわしいことだとさえおもっている。

田横にとっては虚《むな》しい夏になった。

肝胆《かんたん》から力がぬけた感じで食欲もなかった。小珈を喪《うしな》ったあと、悔恨《かいこん》にまみれた。

――では、どうすればよかったのか。

と、いまさら考えたところで、小珈を蘇生《そせい》させられない。婚約者を喪失したという事実をみつめつづけるしかない。

――蘭林は良い男だ。

田横から小珈に宛《あ》てた書翰《しょかん》を、小珈が眠る墓地に埋めてきてくれたという。冥界を心細げに旅する小珈を想えば、早く小珈のもとに行ってやりたいが、こういう悲哀をふたりにもたらした県令が憎い。

――死ぬなら、あの男を殺してからだ。

と、田横は意《おも》うものの、この復讎力は烈しくない。低劣な県令を殺すことが自分の志であることがさびしいのである。生きてゆく意欲が湧《わ》かない田横は、窓から夏空をみた。

今年は酷暑である、と華無傷はいった。が、田横は、

――寒い夏だ。

と、おもっている。夏空の青も、田横の目には黝《あおぐろ》くみえた。

五月の末に、

「よろしいですか」

と、いい、藺林が室内にはいってきた。かれは瘦《や》せた田横を確認した。

「室内に鬼気《きき》がありますな。よろしくない」

「そうか……」

田横のまなざしに力がない。

「皇太子をはじめ、配下のかたがたまで、あなたさまのことを心配しておられます」

「藺子《りんし》……自分ではどうにもならぬ自分がある」

藺子の子は、先生、とおなじ意味である。

「皇帝ではどうにもならぬ王朝があり、皇太子ではどうにもならぬ帝位継承のことがあります。あなたさまが李丞相《じょうしょう》と交渉しなければならぬときが近づいております」

「わたしは喪中だ。ほかの人を遣《や》ってくれ」

田横は横をむいた。

「小珈どのは、天下のことより尊いのですか」

「そうだ」

「喪った小珈どのを想っておられるうちに、皇太子も蘭さまも喪います。そのあとで、また、自分ではどうにもならぬ自分がある、とつぶやくだけなのですか」

藺林の言は辛辣《しんらつ》な色あいを帯びた。

しばらく黙っていた田横は、急に、藺林をみすえて、

「蒙将軍に頼まれたか」

と、いった。小さく破顔した藺林は、

「ようやく正気をとりもどされましたな」

と、からかうようにいった。藺林が蒙恬の側近の来訪をうけたのは一昨日である。その側近は田横に会いにきたのだが、喪中であるときかされて、帰ろうとした。そのとき藺林があらわれて、

「田横家のすべては、この藺林にまかされております。皇太子について、まもなく蒙将軍の使者がおいでになると主人にいいつけられていました。さあ、どうぞこちらへ――」

と、大声でいい、あきれ顔の華無傷と田解を尻目《しりめ》に、使者を一室にみちびきいれた。着座した使者は、

「さすがに田横どのだ。将軍の意中を見抜いておられる」

と、感心した。藺林はしたり顔である。

「わが主は、非凡な人ゆえ、喪中にあっても、天下のことがわかります。どうして将軍の御意向を予見できぬことがありましょうか」

「恐れいった」

「主の田横にかわって、小生が将軍のおことばを拝受いたしましょう」

藺林は度胸がよい。使者はすっかり藺林を信用した。

「いま皇帝は東方と南方を巡幸《じゅんこう》なさっている」

と、使者はいった。そんなことは知らない藺林だが、何でも知っているという顔つきで、おもむろにうなずいた。

十月に咸陽を出発した始皇帝は、十一月に湖北の雲夢《うんぼう》に到った。それから江水を舟でくだり、籍柯《せきか》、海渚《かいしょ》、丹陽《たんよう》を経て銭塘《せんとう》に達した。そこから浙江《せっこう》を渡ろうとすると、波が高かったので、百二十里西へ移動して狭中《きょうちゅう》から渡り、会稽山に登った。会稽から呉《ご》を通過して、江乗《こうじょう》から江水を渡り、海岸に沿って北上し、琅邪《ろうや》へ行った。

「わかっているのは、そこまでです」

と、使者はいった。始皇帝の従者のなかに蒙恬の弟の蒙毅がいて、琅邪で書かれた書翰が兄のもとに到着したのである。

「将軍が気になさっているのは、皇帝の巡幸の道順ではなく、皇帝の随伴者のなかに、少子《しょうし》の胡亥がいるということなのです」

蘭林は大きくうなずいてみせた。

――胡亥という名は、きいたことがある。

李斯の食客であった蘭林は、惰眠《だみん》をむさぼっていたわけではない。

「胡亥は皇帝に愛幸《あいこう》されている公子です」

皇帝の二十余人のなかの末子である胡亥が愛幸されているわけは、胡亥を産んだ妃がほかの妃より嫩《わか》く、しかもいまなお寵愛《ちょうあい》されているからである。胡亥が賢いとか徳があるとか、その種の良い評判はきこえてこない。

蘭林にそういわれた使者は瞠目《どうもく》した。

「さすがに蘭先生である。公子の胡亥をご存じでしたか」

「皇帝は巡幸の際に公子を随伴させたことはありません。旅行のあいだに、皇帝の情が公子に移るということがあります。まさか皇太子の廃替《はいたい》があるとはおもわれぬが、ないともいいきれぬ。将軍のご心配は、それでしょう」

使者は自分の膝《ひざ》をたたいた。

「そこで、お願いがある。蘭さまは李丞相に親しい。皇太子のご帰還がかなうように、咸陽へゆき、李丞相を説いてくださらぬか。むろん蘭さまはあの若さゆえ、田横どのに頼むしかない」

「そうですな。将軍のご依頼をこばむことはできませんが、皇帝についで威権をふるっている李丞相が、どのような人物であるか、将軍はよくご存じでしょう」

蘭林はからだをかたむけ、すこし声を低くした。

「むろん――」

「将軍は廉白《れんぱく》なかたゆえ、賄賂《わいろ》などはけがらわしいとおもっておられるでしょうが、李丞相に会い、説《と》き、許諾をひきだすのに、礼物は要《い》らぬとお考えではないでしょうな」

「それをおききするのも、使者の役目です」

使者は容《かたち》を改めた。

「千金、といいたいところだが、すくなくとも五百金は要ります」

「五百金――」

使者は啞然《あぜん》とした。五十金もあれば充分だと想っていたようである。

「皇太子が皇帝に即位なされば、当然、将軍は丞相の席にお登りになる。それを李丞相がこころよくお許しになるには、どうすればよいか。わが主の田横を措《お》いて、なしえぬことです。五百金をご用意くださらねば、わが主に話をすることができません」

五百金で丞相の位を入手することができるのなら、安いものだ、と藺林はおもっている。

書道史では、毛筆は蒙恬によって発明されたことになっている。祖父の蒙驁《もうごう》は名将であり、父の蒙武《もうぶ》も将軍であったので、蒙家は武門であったのに、筆にかかわりをもったのは、若いころに刑法を学び、裁判文書をあつかったからである。

しかしながら蒙恬が吏務《りむ》よりも軍事に才能があることはあきらかで、始皇帝が天下を統一した年に将軍に任命されて、北伐《ほくばつ》を敢行した。三十万の兵を率いて北の異民族を逐《お》った。また一万余里ある長城を築いたのも蒙恬である。

蒙恬の弟の蒙毅も始皇帝から絶大に信頼され、上卿《じょうけい》の位をさずけられ、皇帝行幸《ぎょうこう》の際にはかならず馬車に陪乗《ばいじょう》した。

兄の蒙恬は外事をまかされ、弟の蒙毅が内謀をまかされ、この兄弟の皇帝への忠誠と信義は群をぬいており、将軍や大臣たちはあえて蒙兄弟と争おうとしなかった。

この兄弟に欠けていたのは、和《わ》して同《どう》ぜず、という精神であろう。皇太子が上郡へしりぞけられたとき、つねに始皇帝の近くにいる蒙毅は皇太子のために弁護しなかった。始皇帝の機嫌の悪さを恐れたといえるが、蒙毅だけではなく、たれも始皇帝を諫《いさ》めなかった。そういう皇帝と臣下のありかたについて、方士《ほうし》の侯生と盧生は、皇太子の黜放《ちゆつぽう》以前に、

上は過《あやま》ちを聞かずして日《ひ》に驕《おご》り、下は慴伏謾欺《しようふくまんぎ》して以《もつ》て容《い》れられんことを取る。

と、批判して、遁竄《とんざん》した。

蒙恬も始皇帝に諫言《かんげん》を呈して、いまの地位を失うことを怺《おそ》れた。そうなると皇太子のために発言する者はたれもいない。

——くやしいが、皇帝の意向を変えうるのは、李斯のみか。

蒙恬は李斯におよばない自分を認めざるをえない。さらに自分の臣下のなかに李斯を説けるほどの弁知《べんち》をもっている者はいない。こういうときのために大臣、高官は客を養っているのであるが、権謀術数《けんぼうじゆつすう》を好まない蒙恬は食客をかかえたことがない。

——蘭さまと田横をつかおう。

拱手《きょうしゅ》していれば、ほかの公子が皇太子として立てられてしまうかもしれない。帰ってきた使者が、五百金、といったとき、蒙恬はいやな顔をせず、承知したと伝えよ、といった。

「というわけで、すでに五百金はとどいております」

と、藺林はすましていった。

「あきれた男だな」

わずかに苦笑した田横の目が冷《ひ》えた。

「皇太子のためなら藺さまは起《た》つ。それはまちがいないのだが、藺子よ、ほんとうに李丞相を説いて、皇帝の許しをひきだせると意っているのか」

「不可《ふか》、です」

藺林は目をそらした。片頰に笑いが浮かんでいる。

「であろうよ。すると、五百金を将軍から騙《だま》し取ったことになる」

「さすがに主は物事の本質をみぬいておられる。李丞相は皇帝の意向を変えたようにみえますが、意向をさきまわりして受けたにすぎません。狡賢《ずるがしこ》い佞臣《ねいしん》ですな。しかし蒙兄弟のように黙っている臣も、また佞臣なのです。天下でただひとり、皇帝を諫めたのは、皇太子です。天下の声なき声がこぞって皇太子を称《ほ》めているのです。もしも皇太子が皇帝になっても、蒙兄弟に政治をまかせないほうがよい。黙っている臣はほんとうの社稷《しゃしょく》の臣にはなりえない」

蘭林の思想にある危峻《きしゅん》がのぞいた感じである。

「これは、恐れいった。蘭子は禿山《とくざん》に樹《た》つ松柏《しょうはく》のようだ」

「嚢中《のうちゅう》の錐《きり》だと申したでしょう」

「すると、皇太子を帰還させる手はないことになる」

「いや、あります」

「おきかせ願おうか」

「皇帝は神仙《しんせん》にあこがれ、鬼神をうやまっている。それゆえ鬼神に、秦を救う者は蘭である、といわせればよい。すると皇帝は蘭を捜し、けっきょく皇太子の子であることがわかって、この父子を迎えることになります」

田横は声を立てずに笑った。

「禍《わざわ》いは敵を軽んずるより大《だい》なるは莫《な》し、というぞ。鬼神がどこにいる。どのようにして頼む」

「これは主のおことばとはおもえませぬ。鬼神は、ここにも、そこにも、かしこにもおります。たがいの胸に棲《す》むとはおもわれませんか」

今日の藺林は冴《さ》えわたっているといってよい。

——ふしぎな人だ。

藺林は、みかけは陰気であるが、心神《しんしん》に陽気さをもっているのか、田横の胸の重さを払ってくれた。

——よし、やるか。

藺林の自信がつたわってきた田横は腰をあげて保衣のもとへ行った。蘭を説くまえに保衣を説かねばならない。上郡に遷徙《せんし》した皇太子はかつてないほどの寧歳《ねいさい》をすごしているが、じつはきわどいところに立っているのである。まずそれを保衣に認識してもらわねばならない。そのうえで皇太子のためにわれわれは何ができるのかを話した。

「蘭さまに李丞相を説いてもらおうとはおもわぬが、最後の手段として蘭さまがいてくれたほうがよい。ただし、蘭さまが上郡をでたくないと仰《おお》せになれば、あえて、とは請《こ》わぬ」

たしかに蘭は李斯に奇貨《きか》のごとくあつかわれてはいるが、説客には不向きであろう。また清潔さを好む若人を権謀《けんぼう》というなまぐささにふれさせたくはないという気持ちが田横にははたらいている。それゆえ田横は蘭のほんとうの意向を尊重するために、保衣を介することにした。

「うかがってみよう」

と、保衣はひきうけたが、返事をもってくるのに三日かかった。すでに六月である。

「蘭さまはご気分がすぐれず、咸陽へはゆかぬ、と仰せになった」

「では、お目にかからず、出発する」

なぜか田横はほっとした。しかしそのことを蘭林に伝えると、かれは首をひねった。

「解《げ》せぬことです」

「ご体調が悪いのであれば、しかたがあるまい」

「それは、そうですが……」

ふたたび蘭林は首をひねった。

「気になるのであれば、華無傷か田解を残してゆくが――」

「人は多いほうがよいのです」

何を考えているのか、蘭林は十乗の馬車をそろえ、梯子《はしご》を積み、鉈《なた》を集めてそれも車中に置いた。田横と配下の十四人が分乗した。蘭林は田解の馬車に同乗した。

いっせいに馬車は南下を開始した。

六月は晩夏にあたるが、いっこうに暑気はおとろえない。蘭林の胸中にある企図《きと》がどのようなものであるのか、田横は訊《き》かない。

数日、南へ走ってから、方向を変えた。

枝と葉をゆたかにひろげている喬木《きょうぼく》がつくる陰影のなかに、藺林は田横をさそった。

「お話があります」

草のうえに腰をおろした田横はすずしさをおぼえた。

「咸陽へゆかぬのか」

「ゆかぬことはありませんが、そのまえに、鬼神におでましを願わなければなりません」

と、藺林はようやく意中を吐露《とろ》した。

いま始皇帝は巡幸中で、琅邪に達したことまではわかっている。始皇帝が琅邪に行ったのははじめてではなく、そのとき始皇帝は上党郡《じょうとうぐん》を通って帰還した。咸陽への帰着は八月か九月になるであろう。

「そこで、皇帝がお通りになる道の近くに、このような喬木をみつけて、その幹を削り、予言の文字を書くのです」

「鬼神はどこにいる」

田横は一笑した。いまから幹を削れば、作為のあとがありありとみえて、そこに書かれた文字に神秘を感じる者はたれもいないであろう。

「いますよ。皇帝の胸中に鬼神が棲み、皇帝だけがその文字を信ずるのです」

と、藺林は断言した。かれは穿《うが》ったことをいった。始皇帝は生母にそむかれて殺されそうになったことがある。しかしけっきょくその生母を赦《ゆる》した。そのように肉親を憎むことはあっても、憎みきることをしない人である。皇太子の場合も、ほんとうに皇太子を嫌って廃そうとするのであれば、上郡よりはるかに遠い地へ徙《うつ》すはずであるし、信頼の篤《あつ》い蒙将軍にあずけるようなことをしない。それゆえ始皇帝は、皇太子を召還なさるべきです、という臣下の進言を待っているにちがいない。ところが臣下はたれも始皇帝の真意を察することができず、進言をおこなうことをしない。

「そこで、喬木の文字が、皇帝にきっかけをあたえるのです」

人が書いた文字だとわかっていても、始皇帝はその文字を喜び、多数をつかって蘭を捜させ、蘭とともに皇太子を迎えることになる。

「ちがいますか」

「ああ、藺子が李丞相の客のなかで、不遇であったのは信じられぬことだ」

と、田横は感心した。しかし藺林は首をふって、わたしをわかってくださるのは主だけです、といった。

その素直な口調におどろきつつ、田横は、人を知るむずかしさを感じた。ただし藺林が李斯にその才能を認められず、不遇をかこっていたのがほんとうであったかどうかはたしかめようがない。藺林が李斯につかわされた間人《かんじん》ではないかという疑いを捨ててはいない。たとえ藺林が間人であっても、この間人は皇太子や蘭を害するという任務を負ってはいないであろう。むしろ、

「皇太子と蘭さまにさとられず、おふたりをお援《たす》けせよ」

と、李斯に命じられたのではないか。この想像に自信があるのは、藺林のいままでの言動から毒を感じたことがなかったからである。

「喬木を削って文字を書くことに意義があることはわかった。が、皇帝がべつな道を通って咸陽に帰ったらどうする」

と、田横は問うた。

「その文字を、皇帝ご自身が発見なさるのが最善ですが、なにはともあれ、評判になればよいのです。人が通らぬ山径の傍に樹つ喬木を削っても、何にもなりません」

「わかった。ふさわしい喬木を捜そう」

藺林の意図を充分にのみこめた田横は、人の往来のある道に近い喬木を配下とともに捜した。二日後、高所に枝葉《しよう》をひろげて樹つ喬木をみつけた。道からよくみえる木である。

「あの木はどうだろうか」

「願ってもない木です」

馬車をおりた蘭林は高所に登り、木をみあげて、

「夜中に、ことをおこないましょう」

と、田横にいった。

日が落ちると、喬木に梯子をかけて、鉈で枝を払った。太い枝は鋸《のこぎり》を用いた。下の道から幹がみえるようにしなければならない。その作業を終えると、幹を削って、たいらにするという作業がある。

最後の作業は、漆《うるし》をつかって巨大な文字を書くことである。

「救秦者蘭也《きゅうしんしゃらんや》」

すなわち、秦を救う者は蘭なり、という意味の五文字を蘭林が書き終えたときに、東の空が白くなった。

「いそいで離れましょう」

この作業をみつけられては、失敗となる。全員、高所をおりて、馬車に乗り、すみやかに走り去った。

朝日を浴びて疾走したのもつかのま、にわかに天が翳《かげ》り、かれらは雷雨に遭った。おなじころに、落雷があった。なんと、文字が書かれた喬木が裂けて、火を吹き、炎上したのである。それゆえ、秦を救う者は蘭なり、という文字を目撃した者は、田横たちをのぞいてひとりもいないということになった。むろん田横たちはそのことを知らず、咸陽の李斯邸をめざしはじめた。

ふしぎなことはまだある。

この日に、遊幸中の始皇帝が、平原津《へいげんしん》にさしかかって、罹病《りへい》したのである。

「真人《しんじん》は死ぬことはない。ゆえに死ということばをつかってはならぬ」

と、かねがね始皇帝はいっていたので、従者は始皇帝の疾病《しっぺい》を知っても噪《さわ》がなかった。不快さのなかにいた始皇帝は陪乗《ばいじょう》者である蒙毅に、

「先に咸陽にもどり、山川の諸神に、病治癒《ちゆ》の祈禱《きとう》をせよ」

と、命じた。このあとも始皇帝の馬車は西行をつづけ、病がますます篤くなった始皇帝は、沙丘《さきゅう》（鉅鹿《きょろく》郡）にある平台宮《へいだいきゅう》で馬車をおりて、牀上《しょうじょう》の人となった。

――医人に診断させたい。

と、李斯はおもったが、なにしろ始皇帝は人に自分の軀《からだ》をさわらせたことがない。

医人を玉体に近づけることはあきらめなければならない。が、このまま何もしなければ、始皇帝は死ぬであろう。始皇帝の崩御《ほうぎよ》を知れば、皇太子の扶蘇が咸陽に帰り、二世皇帝となる。

——蘭さまを送りとどけたことで、わたしは皇太子の誤解を解《と》いたはずだ。

すなわち李斯は、次代の皇帝の御世《みよ》になっても、丞相を罷免《ひめん》されない自信がある。扶蘇の輔相《ほしよう》となるであろう蒙恬は、なるほど軍事と刑法に長じているかもしれないが、行政能力には疑問がある。扶蘇は賢明な皇帝になるから、臣下の優劣をすぐにみぬくであろう。蒙恬がわたしよりまさっていることはない。李斯がそんなことを考えているとき、呼吸の困難をおぼえた始皇帝は、中車府令《ちゆうしやふれい》の趙高を呼び、

「璽書《じしよ》を為《つく》れ」

と、命じた。中車府令がほかの者であったら、歴史はちがったものになっていたであろう。項羽と劉邦、それに田横も、歴史上の人物にはなりえなかったにちがいない。

趙高は秦に滅ぼされた趙の公室の血胤を微《かす》かにもっている。兄弟は数人いるが、みな生まれると去勢されて宦官《かんがん》となった。生母も刑罰をうけた人で、この一家は父祖の代から貧しく、卑しい身分であった。宦官として秦の宮殿にはいり、始皇帝に仕えるようになった趙高には才覚があり、刑法にも通じていた。

——みどころがある。

と、おもった始皇帝は、趙高を抜擢して、中車府令に任命した。くりかえすことになろうが、中車府令とは、宮中の車馬を管理する長官である。もともと趙高は欲望の大きな男で、この高位に就くや、私腹を肥《こ》やした。ついに違犯《いはん》が露見して、始皇帝に命じられた蒙毅によって審理されることになった。蒙毅は始皇帝の寵臣《ちょうしん》でも容赦はしない。法にしたがって、

「死刑とし、その官籍を除《のぞ》く」

という判決をだした。その判決を知った始皇帝は、

——よく働いた者だ。

と、おもい、赦してやれ、と蒙毅にいい、釈放させたばかりか中車府令に復位させるという温情をしめした。これは特例といってよい。趙高を臣下でなく身内の者のように始皇帝が感じていたあかしであり、身内には甘い始皇帝の特徴が露呈したといってよい。趙高にはほかからも救助の手がのびていたかもしれない。趙高は始皇帝の公子のなかで末子の胡亥にひそかに仕え、刑法について教えていた。胡亥は始皇帝に愛されていたので、胡亥あるいはその生母から趙高助命が嘆願されたことも考えられる。

——たすかった。

中車府令にもどった趙高は冷えた首を手でさわってみたであろう。同時に、蒙毅め、おぼえておれ、こんどはわしがなんじを死刑にしてやる、と毒気のある息を吐いた。蒙毅はつねに始皇帝に陪侍《ばいじ》し、馬車にも陪乗するので、趙高は顔を合わす機会を多くもつが、復讎《ふくしゅう》の炎を胸の奥に斂《おさ》め、慇懃《いんぎん》な礼を保ちつづけた。

沙丘の平台宮には蒙毅はいない。始皇帝の枕頭《ちんとう》に近づいた趙高は、

——ああ、まもなく皇帝は崩御する。

と、強く感じた。始皇帝の口がひらいた。

「兵を以《もっ》て蒙恬に属し、喪《も》と咸陽に会《かい》して葬《ほうむ》れ」

この書を上郡にいる扶蘇にとどけよ、というのである。

兵権を蒙恬にあずけて、扶蘇は咸陽に帰って、喪を発し、葬儀をおこなえ、という意味の命令書を始皇帝にかわって書いた趙高は、いちどそれを牀上の始皇帝にしめした。目でうなずくのをみた趙高は、玉璽《ぎょくじ》を用いてから蠟《ろう》で封をした。そこまで始皇帝はみている。

——これで朕《わし》の命令は扶蘇にとどく。

と、始皇帝はおもったであろう。そうおもったがゆえに、使者をこの室《へや》に呼ばなかった。

退室した趙高は璽書を使者に渡さなかった。皇帝が奇蹟《きせき》的に回復するかもしれないという意《おも》いがあったことと、この書が蒙兄弟のための時代を招くことになるというおもいがあったからである。

——さて、どうするか。

趙高は平台宮の窓から外をながめ、風の音を聴いていた。

七月丙寅《へいいん》の日に、始皇帝が崩御した。

この年は西暦でいうと紀元前二一〇年である。

始皇帝に近侍している宦官がひそかに趙高に報《しら》せた。趙高はおどろくことなく、

「そうか。皇帝がお亡《な》くなりになったと他言してはならぬ。もしも他言すれば、舌を抜いて、酈《り》山の地下の宮殿からでられぬようにしてやる」

と、恫《おど》した。ふるえながら宦官がもどるのをみた趙高は、公子胡亥の室に行った。

趙高の入室をみても胡亥は立ったまま、

「今年は秋になっても暑いな。今日は、風がない」

と、窓辺で風を待っている。

「公子——」

趙高は目で着席をうながした。胡亥はしぶしぶすわった。

「上《しょう》が崩じられました」

「あ……」

と、胡亥の口も目もひらいた。

いちど起《た》った趙高は室外に人影のないことをたしかめてから、胡亥の席の横にすわり、

「諸公子を王にするという御詔命《ごしょうめい》はありません。独り御長子《ごちょうし》にだけ書を賜《たまわ》りました。御長子が咸陽に到着すれば、立って皇帝となり、公子には尺寸《せきすん》の地さえないでしょう。どうなさいますか」

と、低い声でいい、胡亥を視《み》た。赫《あか》い顔をした胡亥は、何をいいだしたのか、という表情で趙高を睨《にら》んだ。

この公子は想像力が衍《ゆた》かではない。趙高の深旨《しんし》をすばやく察することができずに、

「当然のことだ。明君は臣を知り、明父《めいふ》は子を知る、というではないか。父上はいのちをお捐《す》てになったが、子を封《ほう》じなかった。それについて諸子はとやかくいってはなるまい」

と、たしなめた。

始皇帝が崩ずるときに公子のなかでも愛幸《あいこう》している胡亥を王に封じてもらいたかっ

たのに、それがなかったということに趙高は不満をもった、と胡亥はおもったのである。しかし王に封じられた公子はたれもいなかったのであるから、しかたがないではないか。

「そういうことではありません」

隠喩《いんゆ》が通じなければ、きわどいこともはっきりといわねばならない。

「方今《ほうこん》、天下の権《けん》と存亡は、公子とわたし、それに李丞相に在るのです。それをお考えになってください。また、人を臣とすることと人の臣になること、人を制することと人に制せられることを、どうして同日に論ずることができましょうや」

とたんに胡亥の胸が顫《ふる》えた。

――この宦者《かんじゃ》は、何ということを考えたのか。

趙高の吐く息をなまぐさく感じた胡亥は、

「兄を廃して、弟を立てる。これは不義である。父の詔《みことのり》を奉《ほう》ぜず、死を畏《おそ》れる。これは不孝である。能が薄く才が浅いのに、しいて人の功に頼る。これは不能である。この三つは逆徳《ぎゃくとく》というべきもので、それをもって天下を治めようとすれば、天下は順服せず、わが身は傾危《けいき》するであろうし、社稷《しゃしょく》の祭りは杜絶《とぜつ》するであろう」

と、清い息を吐いた。

胡亥は小心の人であり、趙高の悪謀の巨《おお》きさにめまいがしそうであった。が、趙高は胡亥がいった正論をほとんどきいていない。

この王朝は皇帝の徳に左右される要素をもっていない。始皇帝にどれほどの懿徳《いとく》があったというのか。それでも王朝はびくともしなかった。はっきりいって二世皇帝はどの公子でもよい。長子の扶蘇ではなく、末子の胡亥が即位しても、王朝は何の変化も生じないであろう。が、皇室のなかで仕える趙高のような宦官にとっては、扶蘇よりも胡亥のほうが、とりいることが易《やす》い。

ここは胡亥に尻《しり》ごみされては困る。

「殷の湯王と周《しゅう》の武《ぶ》王は、その主君を殺したのに、天下は義挙《ぎきょ》と称《ほ》めて、不忠とはみなしませんでした。衛《えい》の君主はその父を殺したのに、衛の国民はその徳を仰ぎ、孔子はそれを『春秋』に著わして、不孝とはみなしませんでした。そもそも大事をおこなうには小事にこだわらず、盛んな徳をもっている者はへりくだらず、地方の郷里ではそれぞれよしとすることも、朝廷ではそうはいかず、百官の功は同じではありません。それゆえ小を顧《かえり》みて大を忘れると、あとでかならず害があります。ここで狐疑猶予《こぎゆうよ》すると、あとでかならず悔《く》いがあります。あえて断行すれば、鬼神もそれを避け、あとで成功します。どうかあなたさまはやりぬいていただきたい」

ここぞとばかりに趙高は弁知を発揮した。

ちなみに衛の国で父を殺して即位してから民に敬慕《けいぼ》された君主はいない。趙高がとっさに創《つく》った話である。

——皇帝になるか、無位で終わるか。

趙高がいっている主旨とはそれである。だが、ここで皇帝になりたいといったところで、中車府令にすぎない趙高にどれほどのことができるというのか。胡亥は大きくため息をついた。

「天子の崩御を天下に告げず、葬儀も終えていない。このようなことを丞相に頼んでよいのであろうか」

群臣をまとめているのは李斯であり、李斯は始皇帝の遺命をうすうす察しているであろうから、説得するのはむずかしい。

が、趙高には、迷いも逡巡《しゅんじゅん》もない。

「時です。時ですぞ。あれこれ考えているひまはありません。粮《かて》を付けて馬を躍らせましょう。時におくれることだけが恐ろしい」

そうせかされた胡亥は、ついに、

「やるか」

と、いった。目を光らせて大きくうなずいた趙高は、

「丞相と謀《はか》らなければ、おそらく事は成りません。あなたさまのために丞相と謀ってまいります」

と、いい、腰をあげた。

これで胡亥を抱きかかえたようなものである。あとは、もう一方の腕で李斯をかかえれば、天下はわしのものではないか。そう想うと趙高はむしょうに愉《たの》しくなった。

――時なるかな。時なるかな。

袂《たもと》をひるがえして趙高は趨《はし》った。

李斯はうたたねをしていた。首筋に汗が浮かんだ。趙高が室内にはいってきた足音をきいたとき、

――皇帝がお亡くなりになったのではないか。

と、感じた。身を起こしたが、席に着かず、外をながめたまま、

「何か――」

と、いった。

「上が崩じられました」

それをきいて李斯は膝《ひざ》をまわして、趙高を視た。皇帝崩御という実感が湧《わ》かない。

立とうとすると、しばらくそのままで、といわんばかりに趙高は頭をさげた。それから膝行《しっこう》して、

「長子に書を賜りました。書の内容は、咸陽で喪を発し、葬儀をおこない、長子を皇《こう》子《し》となす、というものです。が、その書はまだ送られておりません。いま皇帝が崩じたばかりで、たれもそのことを知りません。長子への書、および符璽《ふじ》は、胡亥のところにあります。たれを皇太子にするかは、あなたさまとわたしの口にかかっております。どのようになさいますか」

と、低いが強い声でいった。李斯は、

――こやつ。たくらんだな。

と、趙高を睨んだ。陰謀に加担してたまるか、とおもった李斯は、厳しい口調で、

「亡国《ぼうこく》の言を吐いてはならぬ。人臣が議《しょう》すべきことではない」

と、いい、立とうとした。趙高はその裳をおさえた。

「あなたさまはご自身の才能をお料《はか》りになったことがございますか。蒙恬とくらべて、どうでしょうか。功の高きことは、蒙恬とくらべてどうですか。深謀遠慮と過誤においてはどうですか。天下に怨《うら》まれないことでは、どうでしょうか。ご長子はどちらになじまれ、信頼なさっていますか」

李斯は愠《むっ》とした。

「いま申した五つは、どれも蒙恬に及ばぬ。わたしを責めてどうするつもりか」

ここで李斯を逃がしたらすべての計画が潰《つぶ》れてしまう。趙高にとって、最大の勝負とはこれであった。

「わたしは廝役《しえき》にすぎない宦官でした。たまたま文才があったので、秦の宮廷にはいって、二十余年になります」

趙高は神妙に語りはじめた。

「罷免《ひめん》された丞相や功臣の封《ほう》が二代に及んだのをみたことがありません。けっきょくは誅滅《ちゅうめつ》されているのです。皇帝には二十余子がいます。あなたもご存じでしょう。長子は剛毅《ごうき》な人で武勇をもち、人を信用して士を奮起させます。即位すれば、かならず蒙恬を用いて丞相とするでしょう。あなたは諸侯の印《いん》を抱いて郷里に帰るというわけにはいきますまい。わたしは皇帝の仰《おお》せをうけて胡亥を教育し、数年間刑法を学ばせました。いままで胡亥は過失を犯したことがないのです。その性格は慈仁篤厚《じじんとっこう》であり、財にこだわらず士を重んじ、胡亥に及ぶ公子はおりません。皇子にすべきではありませんか。よくお考えになって、ご決断していただきたい」

そう趙高にいわれた李斯はいやらしさをおぼえた。長子の扶蘇が皇帝になっても、いきなり罷免されることはあるまいし、胡亥がそれほどすぐれた公子であるとは、きいたことがない。むしろ胡亥は皇帝に甘えていただけの暗愚な公子ではないのか。

「なんじは自分の務めにもどるがよい。わたしは主の詔を奉じ、天命を聴くことにする。決断しなければならぬことがあろうか」

と、李斯は趙高をしりぞけようとした。が、趙高はぴたりとすわって動かない。目もすわってきた。

「安全を危険にすることができ、危険を安全にすることもできます。安危《あんき》を定めることができぬ人を、どうして聖賢《せいけん》と貴《たっと》ぶことができましょうか」

いやなことをいうとおもった李斯は語気を強めて、

「わたしは上蔡《じょうさい》の巷閭《こうりょ》の布衣《ふい》にすぎなかった。幸いにも皇帝に抜擢されて丞相に任命され、諸侯に封じられた。子や孫もみな高位高禄《こうろく》をさずけられるようになったのは、秦の存亡安危をわたしにゆだねようとなさった皇帝のおぼしめしによる。どうしてそれに背《そむ》けようや。そもそも忠臣は死を避けて身の安きを希《ねが》ってはならず、孝子は誠実に勤めて危うきを望んではならぬ。人臣はおのおのその職を守るだけでよいのだ。もういうな。わたしを罪におとしいれるつもりか」

と、叱《しか》るようにいった。

無用の問答である。李斯は趙高によって始皇帝の死を知ったにすぎず、自分の目で遺骸《いがい》を確認したわけではない。

趙高は李斯のもとから去らず、ことばも粘性《ねんせい》をもった。

「聖人は遷《うつ》り徙《うつ》って常なく、変に乗じ、時に従い、末《すえ》をみて本《もと》を知り、指すところを観《み》て帰するところを観《み》る、といいます。物事とはそういうものです。常法などありましょうか。いまや天下の権《けん》と命令は、胡亥しだいです。志はわたしがこころえております。そもそも外から中を制しようとすることを、惑《わく》といいます。下から上を制しようとすることを、賊といいます。それゆえ秋霜《しゅうそう》がふれば草花が落ちますし、春に水が揺れ動くと万物が生じます。これが必然の結果であり、あなたさまのご理解は遅いようにおもわれます」

李斯はこの宦者のしつこさにあきれ、うんざりした。

「昔の大国である晋は、太子を替えたために、三代不安定であった。斉の桓《かん》公は兄と位を争い、兄は死んでさらし者となった。殷王の紂《ちゅう》は親戚を殺し、諫《いさ》めを聴かず、けっきょく国都のあった丘は廃墟《はいきょ》となり、国家は滅亡した。その三者は、天にさからい、宗廟《そうびょう》の祀《まつ》りを絶やした。わたしは人の道を歩きたいのだ。謀《はかりごと》をしたいとはおもわぬ」

ところで、斉の桓公について、李斯がいいたかったのは、

「斉の桓公が死んだあと、多くの子、すなわち兄弟は位を争ったので、桓公は長いあいだ葬られず、さらし者になった」

と、いうことであろう。ところが、斉の桓公の子、といわなかったので、斉の桓公自身が位を争ったようないいかたになった。そこは意味が通じない。

趙高はねばりにねばった。

「上と下が合わされば、長く続き、中と外がひとつになれば、物事に表裏《ひょうり》がなくなります。あなたさまがわたしの計画をお聴きになれば、長く諸侯の位をお保ちになれます。しかし、お聴き棄てになり、従ってくださらなければ、禍《わざわ》いはご子孫におよびましょう。ぞっといたします。善いことをなすとは、禍いを転じて福となすことをいうのです。あなたさまはどちらをお選びになりますか」

すでに趙高は脅迫者である。李斯にほんとうの勇気があれば、ここで趙高を斬《き》り捨てて胡亥を拘束すべきであった。趙高は悪鬼そのものであり、その脅迫に屈することは、滅亡への道へ踏みだすことである。

ついに李斯は天を仰いで嘆きの声を発した。涙をながして、大息《たいそく》した。敗者の姿であるといってよいであろう。

「嗟乎《ああ》、独り乱世に遭い、もはや死ぬこともできぬ。どこにわがいのちを託《たく》したらよいのか」

独白である。

そんな感傷にみちたつぶやきに耳をかたむける趙高ではない。

――これで李斯も、かかえた。

内心に笑《え》みが生じた。趙高は最大の難所を乗り切ったおもいで、思考をつぎの謀計へ前進させた。

「皇帝はまだ崩御なさっておりません。それをお忘れなく――」

と、念をおした趙高は、五、六人の宦官によって守られている皇帝の室にはいり、遺骸を李斯にみせた。

ここでも趙高は宦官たちに、

「皇帝は眠っておられるのだ。たとえ一言でも、死、と申したら、そのことばがなんじらに死をもたらすことになる。ひとりの漏洩《ろうえい》が全員を罪人とする。わかったか」

と、緘口《かんこう》を命じた。室をでた李斯が、

「独りになりたい」

と、いったので、趙高ひとりが胡亥のもとに報告に復《かえ》った。居ても立ってもいられない胡亥は、趙高の走音をきくと、趨り寄った。

「どうであった」

「わたしはつつしんで太子のご命令を奉じて、丞相にお報《しら》せしてまいりました。どうして丞相がご命令をこばみましょうや」

と、微笑とともに答えた趙高は、丞相が考え直さぬうちにお召しになったほうがよろしい、まず太子としてお立ちになることです、と、強い声でいった。

うなずいた胡亥は夜になるまえに皇帝のおもだった従者を広い宮室に集め、

「詔命により、皇太子として立つことになった。その詔命は、丞相も承知している」

と、告げた。悩みの色の濃い李斯は、ここで、

「そのような詔命は知らぬ。公子の詐妄《さぼう》である」

とは、いわなかった。かれは暗い声で、上郡におられる扶蘇さまは皇太子を廃されることになった、ただいまから胡亥さまが皇太子である、といった。

それをきいた者たちは、いっせいに、

「ご祝賀申し上げます」

と、いった。満足げにうなずいた胡亥は、

「みなに酒肉をさずけたいところであるが、皇帝が静養なさっているさなかであるので、ご回復後に、咸陽に帰ってから、みなに悦《よろこ》んでもらうことにする」

と、いい、立皇子《りっこうし》の式を終えた。

夜、胡亥と趙高、それに李斯の三人による密謀がおこなわれた。

扶蘇への偽《にせ》の詔書を作成しなければならない。趙高の顔をみるや、李斯は、

「扶蘇さまに上郡をさずけたらどうか。それなら怪しまれない。厳しい命令をくだすと、蒙恬とともに叛乱《はんらん》を起こされる」

と、機先を制するようにいった。趙高は李斯を冷笑して、

「扶蘇と蒙恬、それに蒙毅も殺さなければならないのです。わずかな寛容が蟻《あり》の一穴《いっけつ》となるのです」

と、いい、詔書の作成にはいった。

――こやつは、本物の悪臣だな。

胡亥とともに詔命の文を作りはじめた趙高をながめつつ、悪謀にくわわった自分を、李斯はなんとか救えないかと考えはじめた。ふたりに従ったようにみせて、その詔書が本物ではないことを扶蘇と蒙恬に教えることができないのか。

李斯の従者のなかには武人の岸当《がんとう》と賓客の展成《てんせい》がいる。このふたりを、胡亥の使者を護衛させるとみせて、扶蘇の救助のためにつかってみたい。胡亥と趙高からすこし離れたところにすわっている李斯は、自分だけの策謀に熱中した。

「できましたぞ。これでいかがです」

この趙高の声に、おどろいたように李斯は目をあげた。手渡された詔書を読んだ李斯は、一考もせず、

「よろしいと存じます」

と、いった。扶蘇は太子になれぬことを怨み、たびたび朕《わし》を誹謗《ひぼう》したので、子として不孝である。ゆえに剣をさずけるので、自裁《じさい》せよ。将軍恬は扶蘇を匡正《きょうせい》しなかった。不忠である。死をさずける。軍を佐将の王離《おうり》にゆだねよ。そういう命令である。

——文中に誤りがある。

扶蘇が蒙恬とともに数十万の兵を率いて、辺境に駐屯《ちゅうとん》すること、十余年になる、というのは、すぐに怪しいと気づかれる文である。


（第二巻へつづく）

この作品は毎日新聞社より刊行された『香乱記（上）』（平成十六年一月刊）『香乱記（中）』（平成十六年二月刊）『香乱記（下）』（平成十六年三月刊）を文庫化に際し四巻本として、再編集したうちの第一巻です。

宮城谷昌光著

晏子（一〜四）

大小多数の国が乱立した中国春秋期。卓越した智謀と比類なき徳望で斉の存亡の危機を救った晏子父子の波瀾の生涯を描く歴史雄編。

宮城谷昌光著

玉人

女あり、玉のごとし——運命的な出会いをした男と女の烈しい恋の喜びと別離の嘆きを幻想的に描く表題作など、中国古代恋物語六篇。

宮城谷昌光著

史記の風景

中国歴史小説屈指の名手が、『史記』に溢れる人間の英知を探り、高名な成句、熟語のルーツをたどりながら、斬新な解釈を提示する。

宮城谷昌光著

楽毅（一〜四）

策謀渦巻く古代中国の戦国時代。名将・楽毅の生涯を通して「人がみごとに生きるとはどういうことか」を描いた傑作巨編！

司馬遼太郎著

項羽と劉邦（上・中・下）

秦の始皇帝没後の動乱中国で覇を争う項羽と劉邦。天下を制する〝人望〟とは何かを、史上最高の典型によってきわめつくした歴史大作。

司馬遼太郎著

司馬遼太郎が考えたこと 1
—エッセイ 1953.10〜1961.10—

40年以上の創作活動のかたわら書き残したエッセイの集大成シリーズ。第1巻は新聞記者時代から直木賞受賞前後までの89篇を収録。

柴田錬三郎著

眠狂四郎無頼控（一〜六）

封建の世に、転びばてれんと武士の娘との間に生れ、不幸な運命を背負う混血児眠狂四郎。時代小説に新しいヒーローを生み出した傑作。

柴田錬三郎著

孤剣は折れず

三代将軍家光の世に、孤剣に運命を賭け、時の強権に抗する小野派一刀流の剣客・神子上源四郎の壮絶な半生を描く雄大な時代長編。

柴田錬三郎著

赤い影法師

寛永の御前試合の勝者に片端から勝負を挑み、風のように現れて風のように去っていく非情の忍者〝影〟。奇抜な空想で彩られた代表作。

塩野七生著

コンスタンティノープルの陥落

一千年余りもの間独自の文化を誇った古都も、トルコ軍の攻撃の前についに最期の時を迎えた——。甘美でスリリングな歴史絵巻。

塩野七生著

レパントの海戦

一五七一年、無敵トルコは西欧連合艦隊の前に、ついに破れた。文明の交代期に生きた男たちを壮大に描いた三部作、ここに完結！

塩野七生著

ローマ人の物語 1・2
ローマは一日にして成らず（上・下）

なぜかくも壮大な帝国をローマ人だけが築くことができたのか。一千年にわたる古代ローマ興亡の物語、ついに文庫刊行開始！

芥川龍之介著
羅生門・鼻
王朝の説話物語にあらわれる人間の心理に、近代的解釈を試みることによって己れのテーマを生かそうとした〝王朝もの〟第一集。

森鷗外著
阿部一族・舞姫
許されぬ殉死に端を発する阿部一族の悲劇を通して、権威への反抗と自己救済をテーマとした歴史小説の傑作「阿部一族」など10編。

谷崎潤一郎著
少将滋幹《しげもと》の母
時の左大臣に奪われた、帥の大納言の北の方は絶世の美女。残された子供滋幹の母に対する追慕に焦点をあててくり広げられる絵巻物。

遠藤周作著
沈黙
谷崎潤一郎賞受賞
殉教を遂げるキリシタン信徒と棄教を迫られるポルトガル司祭。神の存在、背教の心理、東洋と西洋の思想的断絶等を追求した問題作。

井上靖著
風濤（ふうとう）
読売文学賞受賞
朝鮮半島を蹂躙してはるかに日本をうかがう強大国元の帝フビライ。その強力な膝下に隠忍する高麗の苦難の歴史を重厚な筆に描く。

井伏鱒二著
さざなみ軍記・ジョン万次郎漂流記
直木賞受賞
都を追われて瀬戸内海を転戦するなま若い平家の公達の胸中や、数奇な運命に翻弄される少年漁夫の行末等、著者会心の歴史名作集。

新潮文庫最新刊

江國香織著
号泣する準備はできていた
直木賞受賞
孤独を真正面から引き受け、女たちは少しでも前進しようと静かに歩き続ける。いつか号泣するとわかっていても。直木賞受賞短篇集。

重松清著
小さき者へ
お父さんにも14歳だった頃はある――心を閉ざした息子に語りかける表題作他、傷つきながら家族のためにもがく父親を描く全六篇。

よしもとばなな著
ハゴロモ
失恋の痛みと都会の疲れを癒すべく、故郷に舞い戻ったほたる。懐かしくもいとしい人々のやさしさに包まれる――静かな回復の物語。

伊坂幸太郎著
重力ピエロ
ルールは越えられるか、世界は変えられるか。未知の感動をたたえて、発表時より読書界を圧倒した記念碑的名作、待望の文庫化！

吉田修一著
東京湾景
岸辺の向こうから愛おしさと淋しさが押し寄せる。品川埠頭とお台場を舞台に、恋の行方をみつめる最高にリアルでせつない恋愛小説。

谷川俊太郎著
夜のミッキー・マウス
詩人はいつも宇宙に恋をしている――彩り豊かな三〇篇を堪能できる、待望の文庫版詩集。文庫のための書下ろし「闇の豊かさ」も収録。

香《こう》乱《らん》記《き》(一)

新潮文庫　み－25－11

平成十八年四月一日発行
平成十八年六月二十日五刷

著者　宮《みや》城《ぎ》谷《たに》昌《まさ》光《みつ》

発行者　佐藤隆信

発行所　株式会社新潮社

郵便番号　一六二－八七一一
東京都新宿区矢来町七一
電話　編集部(〇三)三二六六－五四四〇
　　　読者係(〇三)三二六六－五一一一
http://www.shinchosha.co.jp

価格はカバーに表示してあります。

乱丁・落丁本は、ご面倒ですが小社読者係宛ご送付ください。送料小社負担にてお取替えいたします。

印刷・二光印刷株式会社　製本・株式会社植木製本所

ISBN4-10-144431-5 C0193